Judy Kleinbongardt

Alle Leinen los!

ISBN 978-3-8391-6150-0

Erster Druck 2010
© Judy Kleinbongardt 2010
http://www.spaansehonden.info

Fotos, Redaktion und Seitenlayout: Judy Kleinbongardt
Umschlagentwurf: Judy Kleinbongardt
Umschlagfotos: Judy Kleinbongardt, Tom van der Laan

Originaltitel: Alle Riemen los!
Übersetzung aus dem Niederländischen: Judy Kleinbongardt

Herstellung und Verlag: Books on Demand GmbH, Norderstedt

Inhalt

Wie alles begann…..7
Darf ich bekannt machen:..9
Dunyas Rubrik: Ungerecht…..12
Ein Podenco im Haus..14
Nie zu alt...15
Podenco auf Achse…..18
Angst...20
In Memoriam: Pacho..23
Dunyas Rubrik: Hinter Gittern 25
Zu hohe Erwartungen?...28
Kniefall auf der Heide..30
Ein ängstlicher Hund … und der Rest der Welt.............32
Seronda...36
Dunyas Rubrik: Urlaubstagebuch 40
An der Leine ziehen oder: jeder Hund reagiert anders...43
Eingetaucht 46
Bonita erzählt…...48
Fünf Hunde sind zu viel...51
Ein Mastin wird gebadet..54
Komische Viecher..57
Dunyas Rubrik: Am Strand 59
Dunyas Rubrik: Warme Nächte....................................60
Der Rudeleffekt...61
Dunyas Rubrik: Zu weit gegangen…............................64
Fröhlicher Flits..66
Meine Hunde gehorchen; es sei denn… 69
Ich bin der beste Sighthound … 70
Wieder ein Zusammenstoß... 72
Dunyas Rubrik: Urlaub in Frankreich...........................74
Ein Hase, ein Maisfeld und ein Podenco
= kein schöner Ausflug..77
Dunya endlich ausgerast? … keine Chance!..................80
Hund und Katze...83
Dunyas Rubrik: Der Rotschopf passt auf......................85
Gut gemeint...87

"Er tut nichts…"..88
Flits der Wachhund 90
Podenco auf Achse – ja, schon wieder! 93
Bin ich der einzige Podenco?.......................................96
Erstens kommt es anders und zweitens als man denkt…............97
Auf Freiersfüßen?...99
Blöde Dogge..101
Dunyas Rubrik: Das Schaffell 104
Aufgepasst mit „Hundekennern"! 105
Sommerliche Impressionen 107
Dunyas Rubrik: Die Kartoffel 110
Ein Tag in der Natur..112
Drei Tage aus dem Leben eines (Hunde-)Narren 115
Dunyas Rubrik: Cafébesuch...118
Mastin-Abenteuer..120
Meine zwei Superhunde 122
Kaninchen in Drenthe..124
Pansensticks..125
Dunyas Rubrik: Überlegungen zum Thema Jagd..........126
Lange sorgenvolle Nacht..128
Kranke Dunya..132
Bonita als Botschafter..135
Hunde weg… 137
Abschied von Seronda 141
Wer kommt mit…?...144
Lilly, ein neuer Mitbewohner 146
Lilly's Kennenlernen von Haus und Katze....................150
Bonita, der Schussel 152
Dunyas Rubrik: zu Hause geblieben 153
Hunde mit Behinderung...155
Kühe..157
Black and tan...158
Bonita und das Kaninchen..160
Lilly – wie es weiter ging...161
Frühling...164
Förster, Bauern und Podencos -
(keine gute Kombination) 166

Dunyas Rubrik: Beschwerden..169
Flits als „Therapiehund"...171
Es war einmal eine Hüfttasche…...173
Daisy in der Großstadt..174
Abschied von Flits 176
Lilly und die Nasenarbeit…...178
Auf dem Weg den Kanal entlang…..179
Bonita und die Tablette 180
Und das letzte Wort hat…...183

Wie alles begann…

Das Zusammenleben mit meinen Tieren hat sich im Laufe der Jahre von einem Hobby zu einer Lebensphilosophie entwickelt, wobei die Podencos und Windhunde und mein Wunsch, ihnen und ihren Artgenossen in Spanien zu helfen, eine immer größere Rolle spielen.

Als ich zum ersten Mal über die Situation der Podencos in Spanien las, war ich schockiert; und der Wunsch, etwas für diese Tiere zu tun und selbst auch so einen faszinierenden Hund zu „besitzen", gingen Hand in Hand.

Damals hatte ich einen Pyrenäenhund und Flits, eine Mischung Belgischer Schäferhund/Border Collie aus dem Tierheim, die inzwischen beide verstorben sind, und ich fand, dass ich durchaus noch Platz für einen dritten Hund hatte. Damals wusste ich noch nicht, dass ein Podenco für zwei zählt…

1998 nahm ich Dunya auf, einen echten Podenco, der mein geordnetes Leben auf seinen Grundfesten erschütterte und der immer gut war – und noch ist! – für so manche Geschichte.

Ich begann, mich intensiver mit der Rasse zu beschäftigen und gab die Podencozeitung heraus, die 10 Jahre lang – bis Dezember 2009 - vier Mal im Jahr in den Niederlanden und später auch in Deutschland erschien, und in der auch Dunya ihre eigene Rubrik bekam. Der Reingewinn ging an spanische Tierheime.

Einige von Dunyas Geschichten finden Sie in diesem Buch unter „Dunyas Rubrik" wieder.

Ich bekam eine eigene Website, auf der ausführliche Informationen zu Podencos, Galgos und Greyhounds zu finden sind: http://www.spaansehonden.info.

Früher war ich ein Katzenmensch, der auch Hunde hat; jetzt bin ich ein Hundemensch, der auch Katzen hat. Denn wenn man diese neue Welt erst einmal betreten hat, ist es fast unmöglich, es bei zwei oder drei Hunden zu belassen. Im Moment habe ich vier

Hunde: Dunya, Bonita, Daisy und Lilly; drei von ihnen kommen aus Spanien.

Im Laufe der Jahre habe ich auch immer wieder Herden-schutzhunde gehabt, denn neben den Podencos und Windhunden haben auch diese Riesen mein Herz erobert. Und in Spanien haben sie kaum eine Chance.

Meine ersten Geschichten habe ich schon vor 25 Jahren geschrieben, und die Hauptrollen darin spielten meine Katzen.

1984 kam ein Kinderbuch mit Geschichten und Zeichnungen dazu, das ich für meine Tochter schrieb.

1996 trat dann der erste eigene Hund in mein Leben; und von dem Moment an habe ich meiner alten Liebe für das Schreiben wieder Platz geschaffen und fing an, allerlei lustige, rührende oder unangenehme Situationen dem – damals noch – Papier an zu vertrauen.

Einige Leute in meiner Umgebung lasen die Geschichten und drängten darauf, diese in Buchform zu veröffentlichen. Ich hatte meine Zweifel, waren es doch alles ganz „normale" Situationen, die jeder wohl mit seinem Hund erleben würde.

Dennoch habe ich, als sich 2005 die Möglichkeit bot, meine Geschichten in eigener Regie in Buchform heraus gebracht: „Mein Leben mit Hunden", Teil 1 und 2.

Und die Bücher wurden verkauft. Und gelesen.

Ich bekam viele positive Reaktionen von meinen Lesern, gerade weil ich über alltägliche Situationen schrieb, in denen viele Hundefreunde sich selbst und ihren Vierbeiner wieder erkannten.

Und dann ist jetzt die Zeit für ein neues Geschichtenbündel gekommen. Ich hoffe, dass Ihnen diese Geschichten gefallen und dass Sie viele – hoffentlich nicht alle! – Situationen wieder erkennen und es Ihnen Spaß macht, mich und meine Hunde auf unseren Abenteuern zu begleiten.

Judy Kleinbongardt, im Oktober 2009

Darf ich bekannt machen:

Hier kommen die Hunde, die in diesem Buch die Hauptrolle spielen. Einige sind leider nicht mehr unter uns, aber werden unvergessen bleiben.

Flits, ein Mischling Belgischer Schäferhund/Border Collie, kam aus dem hiesigen Tierheim. Er war ein wunderbarer, fröhlicher Hund, der alles toll fand, wenn er nur mitmachen durfte. Flits hat mich fast 13 Jahre lang treu begleitet. Im Juli 2009 habe ich ihn schweren Herzens einschläfern lassen müssen.

Dunya, eine Podenco Ibicenco-hündin aus Spanien, kam 1998 in mein Leben und ist ein ganz besonderer Hund, immer für eine Überraschung gut. Inzwischen 11,5 Jahre alt, ist sie etwas ruhiger geworden, aber noch immer der Clown und ein Hund mit fast menschlicher Mimik.

Im Jahre 2000 kam die Malteserhündin **Daisy** als Welpe in mein Rudel. Sie ist der Hund, der die meisten Kurse in der Hundeschule absolviert hat. Richtig glücklich ist sie nur, wenn wir alle zusammen sind. Genau wie Flits macht es ihr nicht viel aus, was wir unternehmen. Sie ist unglaublich anpassungsfähig.

2001 habe ich **Bonita** aufgenommen, eine Greyhound-hündin von der Rennbahn in Barcelona. Inzwischen ist Bonita 13 Jahre alt und hat durch ihre Vergangenheit leider starke Gelenkprobleme. Trotzdem hat sie noch viel Spaß am Leben. Ein ruhiger, sanftmütiger Hund.

2003 kam **Pacho** dazu, ein Mastin Español aus Spanien. Er hat in kurzer Zeit mein Herz erobert. Ein Riese, eigensinnig und selbständig, wie es sich für einen Mastin gehört, aber ein herrlicher Fels in der Brandung.
Im Dezember 2005 ist Pacho an einer akuten Darmdrehung gestorben.

Seronda kam 2006 aus Spanien, wo man sie mit ihren Welpen in einer Scheune gefunden hatte. Sie war ein Mastin/Doggen-mischling; ein idealer, ruhiger Hausgenosse, aber auf den Spaziergängen einer der schwierigsten Herden-schutzhunde, die ich jemals hatte.
Im Dezember 2007 wurde Seronda überfahren.

Lilly, das kleine spanische Mädchen, kam 2008 zu mir. Sie ist wahrscheinlich ein Podengo portuguès pequeno-Mischling. Als sehr unkompliziert beschrieben, zeigt sie bei mir doch auch ihre andere Seite, die nicht immer so einfach ist. Eine fröhliche, lebendige Erweiterung meines Rudels.

Und ab und zu werden Sie auch den beiden Katzen begegnen: **Krieltje**, einem „ganz normalen" Hauskater, und **Gypsi**, der Perserin, die 2008 über die Regenbogenbrücke gegangen ist.

Dunya's Rubrik: Ungerecht…

Ist euer Mensch auch so ungerecht? Also meiner wohl! Sie erlaubt mir nichts, was so richtig Spaß macht.
Fangen wir mit dem Jagen an. Dafür bin ich ja schließlich gezüchtet worden. Aber hier zu Lande heißt das dann auf einmal „Wildern" und ist strengstens verboten. Ich darf Mäuse fangen. Hat ja wohl mit Jagen nicht viel zu tun, oder? Mein Mensch nennt das „Ausgleich". Aber wenn sie einen Rolls Royce gewöhnt wäre und bekäme auf einmal eine hässliche Ente vorgesetzt, ob sie das dann auch einen gerechten Ausgleich finden würde? Bestimmt nicht. Aber mit mir kann man's ja machen.

Wenn sie Hühnchen für uns gekocht hat, fängt das Elend schon damit an, dass sie den Topf so hoch weg stellt, dass ich nicht dran komme. Dann kriege ich nur die Portion die SIE mir zuteilt; sprich: ich muss mit meinen vier Artgenossen teilen.
Die Katzen kriegen auch Hühnchen. Aber wenn ich mit meiner Mahlzeit fertig bin und die Katzennäpfe leer fressen will, ist das natürlich auch verboten. Früher klappte das manchmal, wenn mein Mensch im Garten war oder so. Und bis sie dann was hörte, waren die Näpfe schon leer. Aber jetzt stellt sie die Katzennäpfe so hoch weg, wenn sie aus der Küche geht, dass ich nicht mehr dran komme. Sag' ich doch: ungerecht!

Irgendwie kann mein Mensch es an meinem Gesicht sehen, wenn ich vor habe, Blödsinn zu machen, und dann passt sie noch besser auf. Heute hat sie fast den ganzen Tag im Garten gearbeitet, na ja, bis auf unsere Spaziergänge, und da habe ich mich natürlich gelangweilt.
Erst habe ich so ein Plüschteil geklaut, das schon monatelang auf dem Schrank steht. Aber als wenn sie den sechsten Sinn hätte, kam mein Mensch ausgerechnet in dem Moment rein, als ich mir's mit dem Vieh auf der Bank gemütlich gemacht hatte. Ich hatte gerade angefangen, die Nase an zu knabbern, weiter kam ich nicht. *Weg* war's!

Sie hat mir zwar ein anderes Plüschtier gegeben, das ich kaputt machen durfte. Aber wenn ich es *darf*, macht es mir keinen Spaß mehr, also das Ding habe ich links liegen gelassen. Soll sie es doch auf den Schrank stellen…

Die Holzlöffel lässt mein Mensch auch nicht mehr auf der Anrichte liegen, nachdem ich die alten kaputt gebissen habe („Die Holzspäne sind gefährlich für dich!") Muss ich noch erwähnen, dass sie mir auch die Fliegenklatsche, den Filzstift und die Nagelfeile ("Plastik ist auch gefährlich!") weggenommen hat, bevor ich sie ganz kaputt hatte?

Dann versucht sie, mich für unseren Korb mit „Hundespielzeug" zu begeistern. Ist ja alles schön und gut, aber da gibt's nun mal keine Holzlöffel, Fliegenklatschen, Stifte und… äähh… auch keine Lederpantoffeln.

Das mit den Fressnäpfen der Katzen hat heute Abend wieder nicht geklappt. Dafür habe ich aber eine leere Dose Hundefutter geklaut. Eigentlich darf ich das auch nicht; ich glaube, sie hat das wohl gesehen, aber tat so, als hätte sie nichts gemerkt.

Also die Dose habe ich erst mal aus geleckt (was mein Mensch leer findet, *ist* nämlich noch gar nicht ganz leer!). Dann habe ich das Papier, das drum herum war, abgerissen und in kleine Stückchen zerlegt. Zwischendurch lief ich ganz stolz mit meiner "Beute" durchs Zimmer, von der Couch in die Bench, dann wieder auf das Hundebett und schließlich in mein Himmelbett. Und dort – ich geb's zu – bin ich eingeschlafen… neben der Dose!

Dunyas Mensch, im Namen von Dunya

Ein Podenco im Haus

Eigentlich wollte ich heute Morgen um 10 Uhr am Rechner sitzen. Wer anders als Dunya hat diesen Plan wieder mal zunichte gemacht. Beim Morgenspaziergang haute sie ab. Wir waren am Heidesee, wo sie immer gräbt, schnüffelt und spielt. Aber auf einmal hatte sie etwas Interessantes entdeckt und war weg. Rufen, pfeifen… man kann's auch lassen.

Nach einer halben Stunde fing Tom an, einige Verwünschungen über meine spanische Schöne zu murmeln, und nach einer Stunde war die Atmosphäre im Auto genau wie die draußen: eher kühl!

Nach 2 Stunden war Dunya fertig und kam, wie immer zu schmutzig zum Anfassen, wieder Richtung Auto.

Der einzige Vorteil dieser Ausschweifungen ist meist, dass sie danach einige Stunden schläft. Aber selbst das klappte heute nicht. Während die anderen Hunde ihre Schlafplätze aufsuchten und sich zufrieden seufzend darauf niederließen, blieb Dunya eine ganze Stunde lang unruhig. Von der Couch auf die Sessel, dann wieder in ihre Bench. Sie konnte keine Ruhe finden.

Endlich ging sie nach oben. Ich ließ das zu, denn sie hält öfter mal auf ihrem oder meinem Bett eine kleine Siësta ab.

Die etwas seltsamen Geräusche, die von oben kamen, ließen mich dann doch mal nach schauen. Für meinen Blutdruck hätte ich besser unten bleiben können: mein ganzes Bettzeug war fachmännisch, wenn auch etwas unordentlich abgezogen. Kissen, Deckbett, Laken, alles lag durchs ganze Zimmer verteilt. Und nachdem sie ein riesiges Loch in mein Bettlaken gerissen hatte, war sie nun gerade dabei, ihre eigene Schaumgummimatratze zu zerlegen. Der Bezug war schon völlig zerrissen, mit dem Schaumgummi hatte sie gerade angefangen.

Und heute ist nicht mal Freitag der dreizehnte!

Nie zu alt

Hier kommt ein Plädoyer für den alten beziehungsweise älteren Hund. Ich finde nämlich, dass es nie zu spät ist, ein neues Leben anzufangen. So viele Menschen wollen nur einen Welpen oder jungen Hund aufnehmen. Warum eigentlich? Natürlich gibt es allerlei Gründe, um sich für einen Welpen zu entscheiden. Trotzdem: schließen Sie die Adoption eines älteren Hundes nicht von vornherein aus.

Als ich Bonita, meinen Greyhound, bekam, war sie 5 Jahre alt und kannte nur die Rennbahn. Sie wusste nicht, wie es ist, in einem Haus zu leben, kannte keine Treppen, keinen Verkehr, keine Motorräder, kein Spielen, wusste nicht was Graben ist, schnüffelte nicht am Boden und hatte absolut keine Ahnung, was sie mit einem Ball anfangen sollte...
Zu meiner Überraschung war sie vom ersten Tag an stubenrein, was ich gar nicht erwartet hatte. Und dass das Sofa ein sehr bequemer Schlafplatz ist, hatte sie auch schon am dritten Tag herausgefunden.

Anfangs hatte Bonita unheimliche Angst vor Wasser. Sogar um eine normale Pfütze machte sie einen großen Bogen.
Ein halbes Jahr später ist sie so verrückt auf Wasser, dass keine Pfütze, kein Graben oder See mehr sicher vor ihr sind. Sie springt mit ihren ungelenken Sprüngen darin herum wie ein junges Fohlen und genießt in vollen Zügen. Das habe ich wahrscheinlich Daisy zu verdanken, meinem Malteser, von der ich immer sage: sie hätte ein Neufundländer werden sollen, hat nur zu früh aufgehört zu wachsen. Oder anders gesagt: jede noch so dreckige Pfütze und jeder Graben sind gerade richtig, um hinein zu springen, so lange es nur nass ist....

Bonita hat inzwischen sogar das Spielen gelernt. Ist es Zeit für den Spaziergang, dann holt sie all ihr Spielzeug aus dem Korb und wirft es fröhlich in die Luft. Und einen Spaß hat sie daran!

Wenn Flits sie auf seine etwas alternative Weise zum Spielen auffordert – auch er hat das Spielen als junger Hund nicht gelernt – dann beugt meine spanische Schönheit die Vorderbeine und verlockt Flits zu einer Runde Rennen. Für einen Hund, der es niemals gelernt hat zu spielen, ist das doch phantastisch?! Die tiefe Befriedigung, die ich in diesen Momenten fühle, ist kaum zu beschreiben.

Auch das Graben hat sie inzwischen gelernt, aber das habe ich natürlich Frau Dunya zu verdanken, denn sie ist darin Weltmeister. Früher sah man Dunya dann graben und graben, und Bonita stand daneben und schaute doch mit einem gewissen Interesse zu, auch wenn sie noch nicht ganz verstand, was daran wohl so toll sein sollte…
Und dann auf einmal, der große Moment: Bonita fing auch zu graben an. Etwas ungeübt noch, aber mit wachsender Begeisterung.

Und ich bin nicht die einzige mit derartigen Erfahrungen. Ich höre regelmäßig vergleichbare Geschichten von Leuten, die Galgos oder Greyhounds aufgenommen haben, die 8 Jahre oder noch älter sind und die jetzt ihr Leben in vollen Zügen genießen.
Hunde, die ihre Sozialisierungsphase in einer Umgebung mit wenig Stimulation verbracht haben, können diesen Schaden natürlich nie mehr ganz aufholen (aber das gilt nicht nur für alte Hunde, sondern auch für Hunde die erst ein Jahr jung sind). Auch Bonita ist immer noch recht ängstlich vor schreienden Kindern und viel Spektakel und Krach. Aber eine gewisse Gewöhnung ist durchaus eingetreten.

Natürlich kann es Anpassungsprobleme geben. Ein alter Hund ist kein unbeschriebenes Blatt und hat immer eine Vorgeschichte. Aber er hat auch viele Vorteile. Sein Charakter ist schon geformt, vielleicht benötigt er keine stundenlangen Spaziergänge mehr, und er ist, wenn er sich erst mal bei Ihnen eingewöhnt hat, um vieles „pflegeleichter" als ein Welpe. Und wenn Sie dem Hund die Zeit gönnen, sich ein zu gewöhnen und zu lernen, Ihnen zu vertrauen, dann bekommen Sie für Ihre Geduld, Zeit und Liebe auch sehr viel zurück.

Darum: wenn Sie oder jemand aus Ihrer Umgebung einen Hund aufnehmen möchten, sagen Sie nicht zu schnell: er ist zu alt. Gerade alte oder ältere Hunde können oft sehr anhängliche und dankbare Hausgenossen werden. Sie sind sicher noch in der Lage, Neues zu lernen und genießen so sehr unsere Liebe und Aufmerksamkeit.

Auf einer spanischen Website steht: „Jeder Hund, der ein Zuhause findet, bedeutet ZWEI gerettete Leben, weil ein anderer nachrücken kann ...".

Ist das nicht ein schöner Gedanke?!

Podenco auf Achse...

24. Oktober. Die Deadline der Kolumne, die ich für das Magazin eines Tierschutzvereines schreibe, ist der 1. November, und bis heute Morgen hatte ich noch keine Ahnung, worüber ich schreiben sollte. Wie schön ist es dann, einen hilfsbereiten Podenco im Hause zu haben, der bereit ist, völlig uneigennützig Stoff für eine Geschichte zu liefern!

Ich war spät dran heute Morgen, und um die Hunde nicht noch länger auf ihren Spaziergang warten zu lassen, entschloss ich mich tapfer, ohne Kaffee aus dem Haus zu gehen. Das konnte ja nicht gut gehen!
Dunya, meine unternehmungslustige Podenca, durfte mal wieder frei laufen, und anfangs noch guten Mutes stapften wir zu sechst durch den strömenden Regen.
Flits und Daisy, die immer fröhlich sind, genossen den Spaziergang. Greyhound Bonita strahlt bei diesem Wetter trotz Regenmantel nur eins aus: GAR NICHT GUT!!! Sie latscht hinter mir her und lässt den Kopf hängen.
Dunya blieb eine ganze Viertelstunde in Sichtweite, bevor sie abhaute. Immerhin... Und Mastin Pacho tat, was er jeden Morgen tut, um seine Energie loszuwerden: rennen!

Die Energie war er nach einer Stunde los, und wir auch ein bisschen. Und außerdem wollte ich endlich KAFFEE! In der Nähe ist ein Café, wo ich öfters einkehre, wenn ich auf Dunya warten muss. Da wollte ich also hin. Leider war das Café heute geschlossen. Auch das noch!
Nachdem wir noch eine Weile im Auto gewartet hatten, starteten wir also – inzwischen um einiges weniger fröhlich – den zweiten Spaziergang. Es goss noch immer in Strömen, und inzwischen gefiel es keinem mehr so recht, darin herum zu laufen.
Mit nur einem Glas Orangensaft im Magen war ich auch nicht auf dergleichen Abenteuer eingestellt, also fuhr ich mittags zurück nach Hause, um etwas zu essen und die Hunde zu versorgen. Aus

Erfahrung wusste ich ja, dass Dunya immer im Wald auf mich wartet, denn – wie Sie sich denken können – war dies ja nicht das erste Mal, dass so etwas passierte.

Nach einer kurzen Ruhepause zu Hause und dem Genuss ihres Frühstücks hatten die Hunde absolut keine Lust, schon wieder los zu ziehen. Pacho musste ich aus seinem Korb *reden*, und Bonita drehte sich bei der Gartenpforte um und setzte ihre letzte Energie dafür ein, wieder zum Haus zurück zu rennen. Also musste ich sie mit der Leine zum Auto begleiten. Denn ich weiß nur zu gut, was passiert, wenn ich einfach weggehe und sie allein zurück lasse. Dann tritt nämlich sofort die Greyhound-Sirene in Aktion.

Nach 7 Kilometern schlug ich erneut den Waldweg ein. In der Ferne sah ich etwas aus dem Wald gestürzt kommen.
Kein Reh, kein Kaninchen, sondern einen nassen, schmutzigen Podenco, der geradewegs auf mein Auto zugelaufen kam. Ganz unterwürfige Haltung, Ohren nach hinten gedreht. Sie war so müde, dass ihre Augen immer wieder zu fielen, aber unverletzt.
Dieses Abenteuer hat mich fast den ganzen Tag gekostet, also vorläufig bleibt mein Podencomädchen schön an der Leine.

Angst

Gestern habe ich mir ernsthafte Sorgen um meinen großen Jungen gemacht, Mastin Español Pacho, den ich vor zweieinhalb Jahren von der ALBA adoptiert hatte. Meine Tochter Mira war überraschend am Wochenende gekommen, und wir zogen mittags gemeinsam mit den fünf Hunden los zum Spaziergang. Durch allerlei Umstände landeten wir in einem Waldstück, wo wir noch nie waren. Pacho schoss natürlich wieder mal in den Wald. Kein Problem, das macht er ja öfter, aber kommt immer schnell wieder zurück.

Aber wir sahen ihn dann den Rest des Spaziergangs gar nicht mehr, und auf dem Rückweg auch nicht. Das war ja nun nicht so gut. Inzwischen war es nämlich halb 5, und es fing langsam an zu dämmern (nicht mir, sondern draußen).

Wir sind noch ein ganzes Stück gelaufen, in beide Richtungen, so lange es noch hell war. Rufen, pfeifen. Kein Pacho. Dort in der Nähe liegt ein Weg, den wir oft gehen, und so entschloss ich mich, dorthin zu fahren; vielleicht war er ja da gelandet, hatte den Weg wieder erkannt und wartete dort auf uns.

Leider nicht.

Inzwischen war es stockdunkel geworden. Die Waldwege waren schlecht befahrbar. Matschig, und es hatte auch noch geschneit. Ich fahre einen Kleinbus, und damit bleibt man bei Matsch und Schnee leicht stecken. Das macht das Zurücksetzen und Wenden auf diesen schmalen Waldwegen zu einem ziemlichen Drahtseilakt…

Das ging zum Glück alles gut, aber immer noch kein Pacho.

Ich bin dann so gut es ging um das ganze Waldstück gefahren, in dem er abgehauen war, immer wieder angehalten. Gerufen. Mira ist noch in verschiedene Waldwege gelaufen. Vergebens. Inzwischen ständig die Angst, dass er vielleicht doch zum Parkplatz zurück läuft, uns dort nicht findet und dann? Vielleicht ist er schon unterwegs nach Hause, über die Straße? Ich weiß, dass er ausgesprochen wenig Respekt vor Autos hat. Wenn er angefahren wird? Oder völlig desorientiert irgendwo landet?

Nach inzwischen 2 Stunden war ich schier verrückt vor Angst und Sorge. Bei Dunya bin ich solche Eskapaden ja gewöhnt – sie bleibt oft mehrere Stunden weg -, aber von ihr weiß ich auch, dass sie beim Parkplatz wartet. Bei Pacho weiß ich nicht, wie er reagiert.

Ich bin dann doch zu der Stelle zurück gefahren, wo wir ursprünglich geparkt hatten. Ich traute mich selbst nicht mehr, im Dunkeln in den Wald zu laufen wegen meiner schlechten Gelenke, und wenn ich dann umknicke…

Mira lief den Waldweg hinein. Mir war das ziemlich unheimlich, denn man sah die Hand vor Augen nicht mehr. Und wenn es hier dunkel ist, dann *ist* es auch dunkel. Kein Auto, kein Haus, keine Straße in der Nähe, wo noch ein Lichtschein her kommen könnte.

Mira war schon eine Weile weg, da hörte ich ein Rascheln und Schritte, die näher kamen. Ich rief Mira, bekam aber keine Antwort.

Ja, ich geb's zu: ich hatte Angst. Zu der Angst um Pacho war nun eine andere Angst hinzu gekommen. Wenn das Rascheln und die Schritte irgendein Verrückter wären? Wer sollte mir helfen? Ich stand mutterseelenallein mitten im Wald.

Die paar Sekunden schienen Minuten zu dauern, bis ich ihn sah. Es war Pacho. Er kam todmüde, ganz langsam auf mich zu. Aber sein Schwanz funktionierte noch prima, er wedelte ihn beinahe vom Körper. Erst als er mich begrüßt hatte, lief er zu einer Pfütze, um erst mal ausgiebig zu trinken.

Man weiß in solchen Fällen ja nie, was nun genau passiert ist. Aber ich denke, dass er die Orientierung verloren hatte und uns dann schließlich gesucht hat. Entweder durch das Motorgeräusch des Autos oder durch Miras Suchen und Rufen hat er dann wohl den Weg zurück gefunden.

Jedenfalls bin ich mir sicher, dass er sehr weit weg gewesen ist, als wir das erste Mal gesucht haben; denn sonst wäre er ja da schon zurück gekommen. Im Gegensatz zu Dunya is Pacho kein wirklicher Wegläufer.

Nun war also Pacho wieder wohlbehalten im Auto und ich erleichtert. Ich rief Mira. Keine Antwort. Ich brüllte aus Leibeskräften. Sie musste mich doch hören? So weit konnte sie doch nicht in den Wald gelaufen sein? Ich rief sie auf ihrem Handy an. Sie ging nicht ran. Und da kriegte ich doch ziemliche Panik. Wenn sie im Dunkeln gestolpert und gefallen ist, vielleicht irgendwo mit dem Kopf aufgeschlagen? Ich hätte sie – mit ihrem schwarzen Mantel – unmöglich finden können.
Nach ein paar Minuten kam sie dann endlich. Ich sah sie erst, als sie schon ein paar Schritte vor mir war. Sie hatte mein Rufen nicht gehört und das Handy auch nicht, weil sie schnell gerannt war, die ganze Strecke.

Als ich Mira dann endlich erleichtert um den Hals flog und meine beiden Ausflügler nun wohlbehalten wieder bei mir hatte, hat sich wohl die ganze Spannung der letzten Stunden gelöst und habe ich erst mal geheult wie ein Schlosshund!
Vorsichtig – es hatte inzwischen wieder angefangen zu schneien – konnte ich dann endlich aus dem Wald fahren, und ich muss sagen, dass ich sehr froh war, als ich die ersten Lichter und die Straße sah.

Langweilig wird's mir hier ja nie. Aber mit etwas weniger Spannung könnte ich auch ganz gut leben!

In Memoriam: Pacho

Pacho ist tot. Am 21. Dezember 2005 ist er völlig unerwartet über die Regenbogenbrücke gegangen, erst 6,5 Jahre alt. Ursache war eine akute Darmdrehung, die innerhalb von anderthalb Stunden zum Tode führte; auch der Tierarzt konnte ihm nicht mehr helfen.
Ich hatte eine besondere Bindung mit diesem großen Bären, dessen wirkliches Leben am 30. Mai 2003 begann, als er zu mir kam. Anfangs vorsichtig abtastend, hat sich unser Verhältnis zu gegenseitigem Respekt und gegenseitiger Liebe entwickelt.

Pacho war ein Wunder der Anpassung. Vom ersten Tag an stubenrein, sozial zu meinen Katzen und zu allen Hunden. Bevorzugte er es in den ersten Wochen noch im Garten zu liegen, schon bald folgte er mir nach drinnen oder nach draußen. Er genoss sein Leben im Hause und konnte wie kein anderer in seinem riesigen Hundebett schlafen und schnarchen.

Seine Reaktion auf bestimmte Situationen ließ uns ahnen, wie sein Leben in Spanien ausgesehen haben mochte. Aber hier was das Leben ein Fest, jeden Tag aufs Neue. Wie gern rannte er mit seinem kleinen Freund Flits durch den Wald und über die Heide. Und in diesen Situationen konnte er schon manchmal den Herdenschutzhund raushängen lassen, was bedeutet, dass er meine Bitten (bei Herdenschutzhunden haben Kommandos keinen Sinn!) nicht immer ernst nahm.
Aber Pacho liebte uns, sein Rudel und mochte nach einer gewissen Eingewöhnungszeit alle Menschen, die sich ihm freundlich näherten. Ein Wedler und eine fröhliche Begrüßung waren immer drin. Er war in Sicherheit. Es ging ihm gut.

Er gab uns sein Vertrauen und seine Liebe. Aber an diesem letzten Tag musste ich ihn im Stich lassen, musste zusehen, wie er unter meinen Händen weg glitt in die andere Welt und konnte ihm nicht helfen.

Das Haus ist leer. Sein Platz ist leer.

Ich vermisse ihn bei allem, was ich tue, denn er war immer in meiner Nähe.

Lass es dir gut gehen, mein großer Bär! Ich hätte mein Leben so gern noch länger mit dir geteilt, aber ich bin auch dankbar für die Zeit, die wir zusammen verbringen durften.

Deine Kameradin Judy

30. Dezember 2005

Dunyas Rubrik: Hinter Gittern

Ich hatte einen voll ermüdenden Tag. Ihr könnt es euch ja denken, geht wieder mal um den Freilauf. Aber diesmal lief es total anders als sonst. Mein Mensch wollte ausschlafen, weil sie nachts so schlecht geschlafen hatte (erzähl mir einer was! Andauernd das Licht an, und wir müssen zu allem Ja und Amen sagen…), also war es ziemlich spät, als wir uns endlich aufmachten zum Spaziergang.

An den Spaziergang-Stellen, an denen ich immer an die Leine muss, waren wir schon vorbei gefahren. Also wusste ich, was das bedeutete: Freilauf! Und meine Kumpels wussten es auch.
Wir starten also durch zu einem schönen Konzert, mein Mensch stimmt dann immer mit ein, und wir heulen alle zusammen. Ein Rudel. Ein Heulen. Ich kann fast nicht warten, bis ich endlich aus dem Auto darf. Und dann geht's rein in die Natur, während mein Menschen mit meinen Kumpels spazieren geht.

Wenn ihr das Warten auf mich nach dem Spaziergang zu lange dauert, geht mein Mensch manchmal zwischendurch weg und holt mich später wieder ab. Ist ja auch nicht so toll, in dieser Eiseskälte stundenlang im Auto zu sitzen, kann ich mir vorstellen. Ich weiß das ja und warte dann meist auf dem Parkplatz, oder aber ich komme aus dem Wald gerast, wenn ich das Auto höre.
Das hatte ich heute auch vor, aber auf einmal kamen Spaziergänger an und auch noch ein Förster.
Die Spaziergänger erzählten ihm, dass ich hier schon seit einer Woche herumlaufe. Was? Ich? Kannst du keinen Kalender gucken und die Uhr ablesen, Mann? Ich bin hier höchstens seit drei Stunden! Oh, bitte, lass die Leute sich da doch raus halten, dann kommt gleich mein Mensch, und alles ist in Ordnung.
Aber leider haben die das nicht geschnallt. Sie haben mich gefangen, und ich ging mit ins Auto des Försters.
Hurra, er schlug die Richtung nach Hause ein, also doch noch alles im grünen Bereich!

Aber nein, der Typ fährt durch unser Dorf durch und ins nächste Dorf… zum Tierheim. Das war ja nun nicht der Sinn der Sache. Als wir ankamen, bellten unheimlich viele Hunde. Hé, Leute, ich gehör' hier nicht hin. Ich habe doch schon ein Frauchen! Aber auf mich hört ja mal wieder keiner.

Jemand hat kontrolliert, ob ich gechipt bin. Das ist der Fall, also dachte ich: die rufen jetzt meinen Menschen an. Aber aus unerfindlichen Gründen konnten sie die Registrierung der Chipnummer nicht finden. So kommen wir also auch nicht weiter. Was nun?
Ein Mitarbeiter des Tierheims nahm mich mit in einen anderen Raum, und ich wurde allein in einen Zwinger gesperrt. Betonboden. Gittertüre zu. Da saß ich nun. Ohne mein Himmelbett, ohne Decke zum Zudecken. Glaubt mir, Leute, ich tue zwar immer, als ob ich so „tough" bin, aber mir war ganz schön mulmig.

Nun muss ich euch doch kurz erzählen, was mein Mensch inzwischen mitgemacht hat, denn sonst versteht ihr den Rest nicht. Sie kam also zurück zum Wald, um mich abzuholen. Nach einer Weile wurde sie von Leuten angesprochen, die sie fragten, ob sie einen Hund vermisst, und die eine genaue Beschreibung von ihr hören wollten (habe ich wirklich so große Ohren?) Von den Leuten hörte sie dann, was mir passiert war.
Sie fuhr also zum Forstamt und fragte, ob ihr Hund – also ich – hierher gebracht sei. Sie fragten sie, ob ich ein Windhund sei. Dies war ja nun nicht der Moment für kynologische Spitzfindigkeiten, also sagte sie nein, aber ich sähe ein bisschen wie ein Windhund aus.
Inzwischen war ich aber schon ins Tierheim gebracht worden. Mein Mensch rief dort sofort an, dass sie auf dem Weg dorthin sei.

Und jetzt kommen unsere Geschichten wieder zusammen: mein Mensch kam ins Tierheim. Als sie die Quarantänestation betrat, hörte ich gleich ihre Stimme und sprang auf, um sie zu begrüßen. Ich habe sie kurz angesprungen, hatte ihr ja auch einiges zu erzählen. Aber das wollte ich am liebsten unterwegs machen, also zog ich feste an der Leine Richtung Ausgang und dann draußen Richtung Auto. Nichts wie weg hier!

Auf dem Weg nach Hause habe ich noch ein bisschen gewinselt, und nach dem Essen habe ich mich in meinen Sessel zurückgezogen. Ohne Gitter.
Ich habe unruhig geschlafen und geträumt, gewinselt, gebellt und mit den Pfoten geschlagen. Man muss schließlich alles im Traum verarbeiten, was man mitgemacht hat. Und das war für einen Tag mehr als genug. Ja, sogar für meine Begriffe!

Dunyas Mensch, im Namen von Dunya

Zu hohe Erwartungen?

Wenn Menschen einen Hund aus dem Tierschutz adoptieren, egal ob aus dem In- oder Ausland, dann gehe ich davon aus, dass dies eine bewusste Entscheidung ist, weil sie die Aufnahme eines neuen Familienmitgliedes mit einer „guten Tat" verbinden wollen. Allerdings scheiden sich die Geister beziehungsweise die Meinungen wenn es um die Anforderungen geht, die an diesen Hund gestellt werden.

In „Tierschutzland" stoße ich regelmäßig auf Unverständnis und Kritik an Menschen, die angeblich zu hohe Erwartungen an ihren Hund haben. Aber ist diese Kritik gerechtfertigt?

Also bitte, ich rede hier von *redlichen* Erwartungen. Und was redlich ist und was nicht, und wie weit ein jeder mit der Anpassung an sein neues Familienmitglied gehen kann und will, das hängt von den Möglichkeiten und der Toleranzgrenze des einzelnen ab, wobei jemand aus der Stadt andere Anforderungen stellt (stellen muss) als jemand, der auf dem Lande wohnt und ein großes Gelände zur Verfügung hat.

Natürlich ist es wunderbar, wenn jemand einen Hund "retten" will und in der glücklichen Lage ist, dass es nichts ausmacht. ob der Hund groß ist oder klein, jung oder alt, Hündin oder Rüde, krank oder was auch immer. Das sind die Leute, die sagen: "Schicke mir den Hund, der es am meisten nötig hat" und damit dann auch umgehen können. Für diese Menschen empfinde ich aufrichtige Bewunderung und Respekt!

Aber nicht jeder kann sich das leisten. Es gibt Leute mit kleinen Kindern, Katzen, Kaninchen oder einem ängstlichen oder dominanten Hund, auf den Rücksicht genommen werden muss. Sie haben einen Hund, der sich nur mit Hündinnen (oder mit Rüden) versteht. Oder es wohnen viele Hunde in der Nachbarschaft, wodurch es notwendig wird, dass der neue Bewohner sich gut mit seinen Artgenossen verträgt.

Oder man entscheidet sich ganz bewusst für einen sehr kleinen Hund, den man überall mit hinnehmen kann und an den dadurch

dann auch wieder besondere Anforderungen gestellt werden. Oder man hat selbst schon sehr viele Hunde, und der „Neue" muss ins Rudel passen. Man wohnt oben und braucht einen Hund, der körperlich in der Lage ist, das Treppen steigen zu lernen ohne schädliche Folgen.
Die Liste könnte ich noch beliebig verlängern.

Ist das schlecht? Ich finde nicht. Schließlich ist das sogar im Interesse des Hundes: je besser er oder sie in die Lebensumstände passt, desto größer die Chance, dass alles gut geht. Und das ist es doch, worum es sowohl den Leuten, die einen Hund adoptieren als auch den vermittelnden Vereinen geht: einen Lebensplatz für den Hund!
Zum Glück gibt es viele Vereine, die darüber genauso denken und alles dran setzen, um die perfekte Kombination zwischen dem Hund und seinem neuen Zuhause zu finden.

Wichtig zum rechten Verständnis: ich rede hier nicht von Leuten, die ihren adoptierten Hund nach einer Woche dem Verein zurückgeben, weil er was kaputt gemacht hat, noch nicht stubenrein ist, noch nicht Treppen steigen kann, das Laufen an der Leine noch nicht gewöhnt ist, (noch) nicht erzogen ist, seine Aufgabe als „Wachhund" nicht wahrnimmt oder aufs neue Sofa verhaart.
Diesen Leuten empfehle ich aus dem Grunde meines Herzens einen Plüschhund, ein digitales Exemplar oder eben… eine Alarmanlage.

Kniefall auf der Heide

Ich gehe gern mit meinen Hunden zur Heide. Es ist dort schön ruhig, die Umgebung herrlich, und sie können rennen... na ja, außer Dunya, seufz. Da sie immer abhaut, muss sie leider an der Leine bleiben. So auch heute Morgen.
Auf einmal stolperte ich auf dem schmalen Weg und fiel, auf meine Knie natürlich. Da ich Probleme mit den Gelenken habe, war das nicht so gut. Es fühlte sich an, als wäre ich auf glühende Kohlen gefallen und nicht auf einen Sandweg.

Ich habe einmal gelesen, dass man in solchen Situationen sehr vorsichtig sein sollte, da Hunde Herrchen oder Frauchen, wenn er/sie am Boden liegt, angreifen und sogar ernsthaft verletzen könnten. Das scheint schon vorgekommen zu sein.
Was das betrifft habe ich allerdings Vertrauen in mein kleines Rudel. Und zu Recht. Sie kamen von allen Seiten angelaufen, aber nur, um interessiert zu schnüffeln und sich die Sache anzusehen. Was macht Frauchen denn für Sachen!

Ausnahme ist natürlich Dunya. „Frauchen fällt auf die Schnauze. Na prima, vielleicht kann ich ihr die Leine aus der Hand reißen..." ... und setzt das auch gleich in die Tat um, indem sie der Leine – und meinem Arm – einen besonders starken Ruck versetzt.
Dadurch falle ich vorn über und auch noch mein Oberkörper Richtung Boden – ich kann gerade noch rechtzeitig meine Hände ausstrecken, um den Fall abzufangen, sodass ich nicht mit meinem Gesicht auf den Boden schlage. Aber ich halte die Leine fest in der Hand. Keine Chance, Podenco!
Nachdem ich wieder hoch gekrabbelt bin, nehme ich den Schaden in Augenschein. Hose noch heil, nur eine kleine Wunde am Knie und knallrote Knie und Schienbeine. Na, das geht ja noch. Die Schmerzen sind allerdings weniger erfreulich.

Ich bin froh, dass meine Brille nicht zerbrochen ist. Denn mit einer Stärke von minus 9 (oder so) sehe ich wirklich schlecht, und es hätte mich große Mühe gekostet, das Auto zu finden (wo meine Reservebrille liegt).
Und ich weiß nicht, ob Flits zum Blindenhund taugt, bin allerdings auch sehr froh, dass ich es nicht ausprobieren muss.

Ein ängstlicher Hund … und der Rest der Welt

Viele Hunde, die aus Spanien oder anderen Ländern zu uns kommen, sind anfangs noch ängstlich oder sogar traumatisiert. Sie haben Angst vor Menschen, manche Hunde auch nur vor Männern oder vor Kindern.
In Anbetracht ihrer Vergangenheit ist das sehr verständlich. Und natürlich gibt es auch einheimische Hunde, die durch fehlende Sozialisierung oder aus anderen Gründen ängstlich sind.

Oft ist es ein langer Weg, um einem solchen Hund die Angst zu nehmen. Auch wenn das nicht immer 100%ig gelingt, gibt es doch Hunde, die sich mit viel Geduld und Liebe im Laufe der Zeit zu ausgesprochenen Menschenfreunden entwickeln.

Schwierig ist die Zeit dazwischen. In der Fachliteratur kann man lesen (und in einer guten Hundeschule lernen), wie man sich einem ängstlichen Hund nähert oder besser gesagt: dass man sich als Fremder einem (ängstlichen) Hund am besten überhaupt nicht nähert.
Ein ängstlicher Hund kann unterschiedlich auf diese Bedrohung reagieren. Meist wird er versuchen zu fliehen. An der Leine geht das nicht. Der Hund wird – wenn er schon Vertrauen in seinen Begleiter hat – versuchen, sich hinter ihren oder seinen Beinen zu verstecken. Aber es gibt auch Hunde, die mit Angstaggression reagieren, und das kann zu einem pfeilschnellen Angriff führen, wobei in der Regel in die Richtung des dem Hund am nächsten gelegenen Körperteils des Fremden geschnappt wird. In diesem Fall wird man Ihnen sagen, dass Ihr Hund "falsch" ist, und ob Sie noch die Gelegenheit bekommen zu erklären, dass der Hund nichts dafür kann, wage ich zu bezweifeln…

Die Fachleute erklären uns nun, wie wir hiermit umzugehen haben. Wenn jemand unseren Hund streicheln will, sollen wir ihm erklären, dass der Hund Angst hat und man ihn am besten ignorieren kann und ihn auf keinen Fall anstarren soll. Oder dass man sich ihm nicht frontal, sondern mit seitlich weg gedrehtem Körper nähern sollte. Dass man ihn unterm Kinn oder auf der Brust kraulen sollte anstelle seinen Kopf oder Rücken zu streicheln, da dies Dominanzgesten sind und damit eine Bedrohung für den Hund darstellen.

Als Beschwichtigungsgesten kann man auch Gähnen (nicht höflich hinter vorgehaltener Hand, sondern ganz offen) oder das Zwinkern mit den Augen einsetzen. Eine entspannte Reaktion des Hundes kann der Begleiter dann belohnen.

Jedem der ein bisschen Ahnung von Hunden hat, sind diese Dinge ohnehin bekannt, aber dem Durchschnittsmenschen, der unseren Hund streicheln will, eben nicht. Was macht Mensch dann? Mit Grapschhänden läuft man geradewegs auf den Hund zu. „Hatter Angst? Aaachhhh, der tut mir aber Leid".

Ja, mir tut der Hund auch Leid in einer solchen Situation…

Und wenn es dann auch noch um ein Kind geht, wird's noch schwieriger, weil man von einem Kind keine Kenntnisse auf dem Gebiet des Hundeverhaltens erwarten darf. Von den Eltern sollte man allerdings erwarten dürfen, dass sie Kenntnisse auf dem Gebiet der Kindererziehung haben und ihre Kinder darum lehren, keinen fremden Hund zu streicheln, ohne vorher den Begleiter des Hundes zu fragen.

Aber ich will nicht allzu ausführlich auf das Thema Kindererziehung eingehen, dazu hätte ich nämlich noch so einiges zu sagen…

Sie sehen sicher schon, was ich mit all dem aufzeigen will: das Weltfremde dieser Ratschläge. Auf einer Hundeschule oder zu Hause kann man die Situation nach seinen Bedürfnissen einrichten, aber das klappt nicht, wenn Sie mit Ihrem Hund spazieren oder einkaufen gehen.

Es hängt von Ihrer Wohnsituation ab, ob Sie immer die Gelegenheit haben, den Kontakt zwischen Ihrem Hund und fremden Menschen zu vermeiden oder auf verantwortungsvolle Weise zu begleiten.

Mit einem Schäferhund oder Rottweiler, der einen gewissen Respekt einflößt, klappt das vielleicht noch. Aber ein Hund mit so hohem "Streichelwert" wie unsere Windhunde zieht Menschenhände an wie ein Magnet.

Praktisch läuft es darauf hinaus, dass ein Passant schon lange Ihren Hund gestreichelt hat, bevor Sie auch nur einen Bruchteil der oben beschriebenen Erklärungen abgeben können.

Darum frage ich mich manchmal: wo leben bloß diese Fachleute, die solche Ratschläge geben? Sicherlich nicht in den überbevölkerten Niederlanden, wo man über Menschen stolpert, wo man geht und steht.

Natürlich muss man mit einem ängstlichen Hund arbeiten, und eine gute Hundeschule kann hierbei eine wertvolle Hilfe sein. Aber bei einem sehr ängstlichen Hund, ob mit oder ohne Neigung zur Angstaggression, muss man sich doch etwas anderes einfallen lassen, als den Menschen zu erklären, wie sie mit ihm umgehen müssen. Denn sonst hat er sie entweder schon gebissen, oder er ist um eine traumatische Erfahrung reicher. Besonders wenn Sie ein Exemplar Mensch treffen (Kinder sind hierfür prädestiniert!) das findet, dass man einem wildfremden Hund buchstäblich um den Hals fallen kann (und dann, wenn's geht, schön lange festhalten!). Das passiert nicht, meinen Sie? Ich kann Ihnen sagen, dass ich es öfter erlebt habe als mir lieb ist, und zwar nicht nur bei meinem Greyhound oder Podenco, sondern auch bei meinem Zimmer füllenden Mastin Español.

Nun erwarten Sie natürlich „Die Lösung". Tut mir Leid, die habe ich nicht. Den Hund zu Hause zu lassen, wenn Sie unter Menschen gehen, kann eine Möglichkeit sein... aber nicht, wenn der Hund nicht allein zu Hause bleiben kann, weil er unter Trennungsangst leidet, was gerade bei ängstlichen Hunden oft vorkommt.

Sie könnten zu Hause Familie, Freunde oder Nachbarn um ihre Hilfe bitten, um den Hund langsam an Fremde zu gewöhnen. Mit ihnen könnten Sie dann die ganze Skala des Annäherns und Gewöhnens durchlaufen. Vergessen Sie dabei aber nicht, dass jedes Lernen ortsgebunden ist. Die nette Nachbarin, die Ihrem Hund im Haus schon ein Leckerli geben darf, kann draußen auf einmal wieder für große Ängste sorgen.

Man bekommt regelmäßig den Rat, einen ängstlichen Hund zu ignorieren. Das wird das Problem jedoch nicht lösen; der Hund muss lernen, dass er Ihnen vertrauen kann. Ausführlich trösten sollte man ihn allerdings auch nicht, da man damit sein ängstliches Verhalten belohnt und ihm zusätzlich den Eindruck vermittelt, dass er Grund zur Angst hat.
Etwas anderes ist, den Hund in Situationen, die ihm nicht geheuer sind, zu unterstützen und zu begleiten. Lassen Sie ihn merken, dass Sie bei ihm sind und er Ihnen vertrauen kann. Das wird ihm helfen, mit schwierigen Situationen um zu gehen.

Wenn man den Hund ruhig an neue Situationen heranführt, wird irgendwann seine Neugierde die Angst überwinden, und der Hund wird von sich aus Kontakt aufnehmen.
Aber auch hier gilt: sich nicht sofort erleichtert auf den Hund stürzen, in dem Sinne von: Hurra, er hat keine Angst mehr! Das ist nämlich garantiert der ideale Weg, um den Hund innerhalb von zwei Sekunden mit eingezogenem Schwanz in die Zimmerecke zu kriegen.
Aber für die unerwünschten Intimitäten, die Ihrem Hund von Passanten zu Teil werden, habe ich selbst leider auch noch keine Lösung gefunden. Meine eigenen (anfangs) ängstlichen Hunde könnten darüber mitreden.

Seronda

Nach Pachos Tod im Dezember 2005 war trotz der anderen vier Hunde das Haus so leer, dass ich mich doch wieder auf die Suche nach einem freundlichen Riesen gemacht habe. Im Internet fand ich Seronda.

Eine vier- bis sechsjährige Hündin, die im letzten Winter mit ihren fünf Welpen in einer Scheune gefunden wurde. Die kleine Familie wurde zu einer Pflegestelle in Madrid gebracht. Wie das so häufig der Fall ist, fanden sich schon bald Interessenten für die Welpen, aber niemand interessierte sich für die Mutter.

Nach der Beschreibung schien sie gut zu uns zu passen: sie war ruhig und lieb und wohnte auf der Pflegestelle problemlos mit anderen Hunden und mit Katzen zusammen.

Etwas an ihrer Ausstrahlung sprach mich an, und ein intensiver Mailkontakt folgte. Die Welpen waren noch sehr jung und mussten noch ein paar Wochen von Seronda versorgt werden, bevor sie vermittelt werden konnte.

Aber endlich war es dann soweit: nachdem sie getestet, kastriert, gechipt und geimpft war, wurde alles fest gemacht: Seronda konnte in die Niederlande kommen. Die Transportmöglichkeit aus Spanien fiel zusammen mit meinem Urlaub, aber da ich ein Häuschen in den Niederlanden gemietet hatte, konnte sie dort hin gebracht werden. Mit ein bisschen Improvisation müsste das doch klappen.

Seronda ist 75 cm hoch, wirkt aber durch ihren zierlichen Bau viel kleiner. Ich denke, dass sie ein Mischling ist, Mastin Español und Deutsche Dogge.

Die Bekanntmachung mit meinem eigenen Rudel verlief zufrieden stellend. Flits brummte ein bisschen, den Mädchen war Seronda völlig gleichgültig.

In der Ferienwohnung ging es auch prima. Im Garten zwei kurze Scheinkämpfe mit Flits, aber nichts Ernsthaftes. Die ersten zwei Tage grummelte er ein wenig, wenn Seronda ins Zimmer kam, danach ging es gut. Seronda ist schon stubenrein.

Anfangs war sie sehr aufs Essen fixiert, bei ihrer Vergangenheit verständlich. Man musste halt alles aufräumen, was essbar war oder eventuell essbar sein könnte…

Zu Hause gab es auch kaum Konflikte wegen der Rangordnung. Es hat sicherlich geholfen, dass die Hunde sich in dem Ferienhaus kennen gelernt und dort schon vier Tage auf relativ neutralem Gebiet gelebt hatten, bevor wir nach Hause fuhren.
Mit den Katzen klappt es auch prima. Seronda lässt sie sogar neben sich im Korb liegen.
Vor allem während der ersten Tage zeigte Seronda sich allerdings ganz anders, als sie in der Pflegefamilie gewesen ist. Sie bellte zum Beispiel ziemlich häufig und war sehr wachsam (in Spanien hatte man Seronda noch nie bellen gehört!).
Als wir einmal zu Hause waren, hat sich das übertriebene Bellen aber mehr oder weniger von alleine gelegt. Die Wachsamkeit ist geblieben. Auch fing sie an, durch anhaltendes lautes Bellen um Aufmerksamkeit zu fragen. Das ging aber recht schnell vorüber, weil ich es konsequent ignoriert habe.

Anfangs war Seronda recht ängstlich. Vor allem Verkehr, Fahrradfahrer, Mopeds usw. waren ihr suspekt. Es musste also fleißig sozialisiert werden. Einen Hund aus Spanien behandle ich eigentlich immer wie einen Welpen, damit erziele ich die besten Resultate. Nichts erwarten und schauen, was schon klappt. Und was nicht klappt, daran wird dann gearbeitet.
Die Leinenführigkeit war anfangs ein großes Problem, denn Seronda zog mich wirklich aus den Pantinen. Ich habe sofort mit dem Training angefangen, mit positiver Verstärkung und Leckerli, viel Leckerli…
Inzwischen sind gute zwei Monate vergangen. Ab und zu steht die Leine noch stramm, aber das passiert nur noch ganz selten.

Beim Ziehen der Kastrationsfäden entdeckte mein Tierarzt einen kleinen Gesäugetumor und eine Herzkrankheit. Es handelt sich dabei um eine bestimmte Art der Herzrhythmusstörungen, wogegen Seronda jetzt Medikamente bekommt. Eine Nebenwirkung dieser Tabletten ist leider Appetitlosigkeit, was ziemlich lästig ist.

Der Tumor muss operiert werden. Aber im Moment kann dem Herzen eine Narkose noch nicht zugemutet werden; die Situation muss sich erst stabilisiert haben.

Seronda ist ein sehr fröhlicher Hund, lieb und ausgesprochen verschmust. Sie sucht den Kontakt und springt begeistert um einen herum, einfach fabelhaft.

Draußen war sie anfangs etwas zurückhaltend, es hatte den Anschein, als traue sie sich nicht recht, zu einem zu kommen. Sie blieb dann in einiger Entfernung stehen. Aber auch bei diesem Problem hat viel Belohnen Wunder gewirkt.

Seronda kann gut frei laufen. Sie reagiert neutral auf fremde Hunde und kommt auch meist, wenn sie gerufen wird – ab und zu überwiegt der Mastinanteil in ihr, dann kommt sie erst, wenn es ihr auskommt...

Im Hause ist sie wunderbar ruhig und macht nichts kaputt. Kein Podenco.

Es ist erstaunlich, wie leicht sie sich innerhalb kurzer Zeit an das Leben bei uns gewöhnt hat.

Seronda ist endlich nach Hause gekommen!

Update November 2006:

Inzwischen ist Seronda gut auf die Herzmedikamente eingestellt, und ihr Zustand hat sich stabilisiert. Da der Tumor nicht gewachsen ist, hat der Tierarzt von einer Operation abgeraten, denn die Narkose wäre noch immer ein großes Risiko für Seronda.

Seit einigen Monaten ist Seronda inkontinent. Aber auch das ist mit Medikamenten überschaubar.

Weniger überschaubar ist leider ihr Verhalten auf den Spaziergängen. Sobald sie jemanden sieht, mit oder ohne Hund, dann rennt sie laut bellend dort hin.

Durch ihre Größe und nicht gerade leise Stimme ist das schon ein Problem. Die Hundeschule, die ich mit ihr besucht habe, hat mir da auch nicht weiterhelfen können; denn diese Situationen kann man nun mal schwer nachstellen.

Auf Besuch zu Hause und Cafébesucher wird noch immer freundlich reagiert, genau wie am Anfang. Aber auf dem Waldspaziergang kann dieselbe Person Seronda besser nicht begegnen…

Dunya's Rubrik: Urlaubstagebuch

Freitag:
Flits und das Staubtuch auf Pfoten kleben seit ein paar Tagen am Menschen. Der Urlaub naht. Na und? Aber diesmal ist es anders, denn als mein Mensch endlich fertig war, alles ins Auto zu packen, stellte sich heraus, dass wir alle mitfahren.
Na, das wird dir noch Leid tun!
Beim Ferienhaus angekommen, werden wir erst mal in den Garten geschickt, sodass mein Mensch alle Sessel und Sofas abdecken kann und Herrchen das Auto ausladen.
Ich staune nicht schlecht. Der Garten ist echt riesig! Und überall Gebüsch, Zweige und Blätter zum graben, schnüffeln und sich verstecken Es gibt sogar einen Gartenteich. Einen Nachteil hat der Garten allerdings: er ist ganz hoch eingezäunt.
Die Ferienwohnung selbst ist auch nicht schlecht. Abends mache ich es mir in dem weichen Korb gemütlich, den mein Mensch neben die Heizung gestellt hat. Oder nein, doch lieber auf dem Sofa. Oder doch lieber im Sessel. Wisst ihr was? Ich leg' mich neben meinen Menschen ins Bett, unters Deckbett. Hat sie bestimmt nichts dagegen. Gute Nacht!

Samstag
Wisst ihr, was auch klasse ist? Hier sind drei Türen zum Garten. Wenn deine Leute dich rufen, kannst du dich immer gerade vor die falsche Tür stellen. Tolles Spiel, und so bleiben sie ein bisschen in Bewegung.
Heute sind wir zu einem Strand gegangen. Irre viel Platz hier. Ich bleibe ziemlich in der Nähe und komme auch zum Auto zurück, als sie weg wollen. Denn wenn ich mich jetzt anständig benehme, darf ich vielleicht den ganzen Urlaub frei laufen.

Sonntag
Heute musste ich an die Leine. Das ist gemein, wo ich mich gestern so gut benommen habe. Aber wir müssen noch weg, einen neuen Hund abholen (Was? *Noch* einen?), und meine Leute haben

Angst, dass ich nicht zeitig zurück sein würde. Bisschen Vertrauen nach acht Jahren? Kannste vergessen!

Montag
Der neue Hund ist da. Seronda heißt sie. Wieder kein Podenco. Ich hoffe schon seit Jahren, dass mein Mensch noch einen Podenco aufnimmt. Ich bin doch ein ganz toller und unkomplizierter Hund, also warum nicht?
Aber darauf kann ich warten, bis ich graue Haare bekomme, obwohl… die habe ich schon!
Ich bin schon ein bisschen mit der Neuen durch den Garten gerannt. Scheint soweit ja ganz in Ordnung zu sein. Mal abwarten, ob sie ein Kumpel wird oder sich vom Menschen erziehen lässt…

Dienstag
Echt klasse hier. Fast jeden Tag Freilauf, und nach einer Stunde komme ich freiwillig zurück. Das liegt daran, dass wir nie in den Wald gehen wie zu Hause. Zweimal am Tag gehen wir hier an kleine Strände. Da sind Enten und Wasservögel und so, und die kann man dann in den See jagen, aber das war's dann auch. Kaninchen gibt's nicht, Mäuse auch kaum. Also wenig Grund abzuhauen.
Zwischendurch mache ich dann oft noch einen extra Spaziergang mit Flits und Herrchen, allerdings an der Leine.

Mittwoch
Flits hatte Lust, endlich mal wieder alleine mit Herrchen spazieren zu gehen, ohne mich, die anderen Hunde oder meinen Menschen. Er fragte mich, ob ich ihm helfen will.
Was soll ich euch sagen: Podencos sind Rudeltiere, da konnte ich meinen Kumpel doch nicht hängen lassen.
Also alle zusammen Freilauf und ich sofort abgehauen. Ich bin drei Stunden weggeblieben, das müsste reichen. Tat es auch. Nach einem gemeinsamen Spaziergang (ohne mich natürlich) haben

meine Leute noch eine Weile beim Auto gewartet, und dann ist Herrchen tatsächlich allein mit Flits aufgebrochen, um eine Runde um den ganzen See zu laufen und mich zu suchen. Ich habe mich natürlich nicht blicken lassen.

Amüsiert habe ich mich prima. Leider habe ich nicht gut aufgepasst, als ich durch Stacheldraht gekrochen bin und mir beide Ohren verletzt. Warum muss ich auch solche Wahnsinnsohren haben! Aber das war's wert. Einem Kumpel geholfen und selbst einen spannenden Vormittag gehabt. Was will man als Podenco noch mehr?

Donnerstag
Der Urlaub neigt sich dem Ende zu. Ich durfte noch mal frei laufen, und weil ich das so lieb von meinen Leuten fand, bin ich nur zwei Stunden weg geblieben.
Im Ferienhaus ist es ein wenig ungemütlich, alles wird eingepackt und so. Aber mein Körbchen bleibt natürlich bis zuletzt stehen.
Mein Mensch will so gern ein paar tolle Action-Fotos von mir machen wenn ich mit Seronda durch den Garten flitze. Keine Chance, ich bin viel zu schnell!

Freitag
Heute Morgen hat mein Mensch mich *sehr* früh geweckt, weil wir vor 10 Uhr das Ferienhaus räumen müssen. Also in dem Punkt sind wir beide uns ausnahmsweise mal völlig einig: wir hassen es, früh aufzustehen.
Wir fahren also wieder nach Hause, und ich muss sagen: ich finde das eigentlich ganz o.k.
Herrchen hat gesagt, dass wir uns alle individuell gesehen ganz gut benommen haben. Aber er will doch lieber nächstes Mal wieder für Flits und mich einen Dogsitter zu Hause nehmen. Er findet fünf Hunde im Urlaub zuviel. Zuviel? Ich denke, dass er sich versprochen hat, er meint sicher: zu wenig!
Dunyas Mensch, im Namen von Dunya

An der Leine ziehen oder: jeder Hund reagiert anders

Als ich mein neues Rudelmitglied Seronda abholte, flog ich – beide Hände fest um die Leine gekrallt – hinter ihr her auf die Straße. Da musste sich also ganz schnell was ändern. Da ich selbst überzeugter Clickerfan bin, habe ich Seronda gleich auf dieses Erziehungsmittel konditioniert. Es dauerte ziemlich lange, aber endlich fiel der Groschen.

Viele Leute zerren an der Leine, wenn ihr Hund zieht. Oder die Leine wird ganz kurz genommen; oder man schimpft mit dem Hund. Und, hilft das? Auf Dauer sicherlich nicht, denn warum sonst würden diese Leute ein Hundeleben lang zerren und schimpfen?

Besser ist es sicherlich zu sorgen, dass Ziehen an der Leine dem Hund nichts bringt, während nicht Ziehen wohl was bringt.
Mit diesen Gedanken begann ich frohen Mutes das Clickertraining gegen's Ziehen. Das heißt also: wenn Seronda zog, blieb ich stehen. Kam sie einen Schritt zu mir, sodass die Leine wieder schlapp hing, bekam sie ihren Klick und Leckerli; und natürlich liefen wir dann weiter.
Während des so genannten Shapens (das bedeutet, dass man seine Anforderungen stets etwas erhöht, bevor man klickt und belohnt), klickte ich also erst, wenn Seronda ein paar Schritte mit schlapper Leine neben mir gelaufen hatte; und auch die Anzahl der Schritte wurde langsam erhöht, bevor sie ihren Klick und die Belohnung bekam.

Was stellte sich heraus? Irgendwie klappte das bei Seronda nicht. Vielleicht machte ich etwas falsch, vielleicht war es auch nur, weil der Klick für den Hund „Ende der Übung" bedeutet. Jedenfalls fing Seronda jedes Mal nach dem Klick sofort an zu ziehen wie verrückt. Ich musste also eine andere Methode ausprobieren.

Ich entschied mich für die einfachste Form des Trainings: still stehen wie ein Laternenpfahl, wenn Seronda anfing zu ziehen. Bei schlapper Leine liefen wir weiter. Und das Weiterlaufen war dann die Belohnung für's nicht Ziehen. Manchmal drehe ich mich auch einfach um, wenn sie anfängt zu ziehen, und laufe ein Stück zurück (gar nicht schön, denn so kommt sie noch weiter weg von der Stelle, wohin sie mich ziehen will!) und drehe mich nach ein paar Schritten wieder um für einen neuen Versuch.

Einfach ist das nicht. Ich habe ja nicht nur diese Zugmaschine von momentan immerhin 50 Kilo, sondern noch vier andere Hunde, von denen mindestens einer immer an der Leine läuft. Und gerade zu Anfang konnte ich kaum drei Schritte gehen, bevor ich wieder stehen bleiben musste. Ein Stückchen von normalerweise 5 Minuten wurde zur Feldschlacht von 20 Minuten, und die anderen Hunde kapierten auch nicht so ganz, warum's denn so gar nicht weiter ging.
Manchmal waren wir nur ein paar Meter von der Stelle entfernt, an der Seronda (endlich!) frei laufen durfte, und schon wieder musste ich stehen bleiben. Nichts sagen. Sie nicht anschauen. Und schon gar nicht schimpfen. Und vor allem: die Rauchwolken ignorieren, die ich aus meinem Kopf aufsteigen fühlte.
Aber jetzt, nach einem Monat, kann ich sagen, dass es klappt. Die Leine steht noch immer ab und zu stramm, vor allem morgens, wenn Seronda soviel Energie hat und raus will. Aber es geht schon viel, viel besser als am Anfang.
Das Schlüsselwort heißt: Konsequenz! An der Leine ziehen darf niemals etwas bringen, also wirklich nie! Auch nicht wenn man noch 10 Meter von zu Hause ist, und es fängt an zu gießen („Ach, die paar Meter…").
Auch nicht, wenn der Hund nur noch ein paar Zentimeter von dem Baum weg ist, den er gern beschnüffeln will („Ach, lass ihn doch…").
Auch nicht wenn man in Eile ist und der Hund zwei Meter vor dem Auto anfängt zu ziehen.

Und ganz schlecht ist es natürlich, wenn man die Übungen auf die Trainingsstunden beschränkt, während der Hund bei den „normalen" Spaziergängen nach Herzenslust ziehen darf.

Lästig? Ja, ganz gewiss! Aber lieber ein paar Wochen improvisieren und etwas schwierige Spaziergänge als ein Leben lang hinter seinem Hund her gezerrt zu werden, oder nicht?

Vielleicht fragen Sie sich, warum ich diese „Weisheiten" nicht mal auf Dunya loslasse. Ganz einfach: Da Dunya selten frei laufen darf, läuft sie meist an der Ausziehleine, um ihr wenigstens noch etwas Bewegungsspielraum zu geben. Und an der Ausziehleine muss der Hund ja ziehen, um sie auszuziehen.

Aber mit den neuen Erfahrungen, die ich jetzt mit Seronda mache, könnte ich ja mal versuchen, stehen zu bleiben, wenn Dunya – am Ende der Ausziehleine angekommen – weiterzieht, weil sie eben Podenco ist und noch gerade diesen einen Meter mehr will.

Ich habe keine Ahnung, ob es klappt. Aber Dunya ist außergewöhnlich intelligent. Also wenn es klappt, dann müsste ich recht schnell Resultate sehen…

Eingetaucht

Da wir schon seit Wochen nichts anderes sehen als Regen, Regen und nochmals Regen, gehen wir manchmal auf einer ruhigen Straße mit den Hunden spazieren, sodass man wenigstens nicht im Schlamm laufen muss, wenn schon von oben soviel Wasser kommt.

Die Straße ist kaum befahren und läuft entlang einem Kanal. Im Kanal schwimmen Enten, die für die Hunde immer ein Grund zur Freude sind, kann man doch so schön hinterher jagen. Aber ins Wasser gehen die Hunde nie, und so geschieht den Enten nichts. Die ziehen sich nur schnatternd in die Kanalmitte zurück.

Heute Morgen war ich zum Glück zusammen mit Tom unterwegs, als Dunya plötzlich einen Ruck an ihrer 8 Meter langen Ausziehleine gab und aus unserem Gesichtsfeld verschwand, Richtung Kanal. Die anderen Hunde folgten ihrem Beispiel, und ich hörte lautes Schnattern der Enten, das anders klang als sonst.

Dunya verfügt über eine unglaubliche Körperbeherrschung, und vom Straßenrand konnte ich sehen, dass sie auf dem steilen Ufer stand, zusammen mit Flits und Daisy – Bonita war wohlweislich auf der Straße geblieben. Der Ente ging es zum Glück gut, und sie schwamm zusammen mit ihren Küken weg vom Ufer.

Aber Seronda lag im Kanal. Vielleicht hatte sie ihren Sprung nicht gut eingeschätzt, war sie ausgerutscht, hatte ihr Gleichgewicht verloren, wer weiß. Jedenfalls hing sie jetzt mit den Vorderpfoten noch über die hölzerne Uferbefestigung, der Rest lag im Wasser.

Sie war nicht in der Lage, selbst wieder hoch zu klettern, machte aber absolut keinen panischen Eindruck. Sie hing da ganz ruhig und wartete anscheinend voll Vertrauen auf gute Ideen unsererseits, um sie aus ihrer misslichen Lage zu befreien.

Da ich völlig unsportlich bin (und auch nicht athletisch gebaut) hatte ich vor, auf meinem Hinterteil das steile Ufer herunter zu rutschen und zu versuchen, Seronda heraus zu ziehen, ohne selbst ins Wasser zu fallen.

Aber Tom war schneller. Er drückte mir Dunyas Leine in die Hand und lief vorsichtig das steile Ufer hinab. Ich hatte ganz schön Herzklopfen, aber es klappte. Mit einer Hand hielt er sich an der Böschung fest, und mit der andern zog er Seronda am Halsband aus dem Wasser, wobei sie mit half, sobald sie dazu in der Lage war.

Es war ganz schön spannend, zumal Tom vorige Woche an einem Auge operiert worden war und noch nicht schwer heben durfte – und Seronda wiegt immerhin ihre 50 Kilo. Aber beide haben das Abenteuer gut überstanden! Seronda schüttelte sich kurz und lief danach fröhlich weiter, als wäre nichts geschehen.

Ich wusste schon, dass Seronda ein Hund ist, der sein seelisches Gleichgewicht nicht so schnell verliert. Aber in solch einer Situation so cool zu bleiben ist schon toll.

Mit dem körperlichen Gleichgewicht ist es wohl eine andere Sache…

Bonita erzählt...

Eine Leserin der Podencozeitung bat mein Frauchen, mich als Greyhound doch auch mal was zur Podencozeitung beitragen zu lassen, weil sonst immer nur Dunya und die Galgos zu Wort kommen.

Tja, was soll ich sagen? Wisst ihr, ich bin nicht so eine geübte Rednerin wie die Dunya. Überhaupt bin ich ziemlich ruhig und bescheiden.

Ich bin eine 9,5 Jahre alte Greyhoundhündin und lebe mit 4 anderen Hunden und 2 Katzen bei Judy. Aber das wisst ihr natürlich schon. Ich bin in Irland geboren und später an die Rennbahn in Barcelona verkauft. Dort habe ich jahrelang in einem kleinen Käfig gelebt.

Mein Rennbahnname war Gail, aber den kannte ich nicht, denn sie haben dort eigentlich nie mit mir gesprochen. Mein Neues-Leben-Name ist Bonita. Und den kenne ich, auch wenn es eine Weile gedauert hat. Bin ja kein Podenco, und ich lerne nicht so schnell.

Hier darf ich wirklich LEBEN, liebe Menschen. Weiche Kissen und Körbe, ich darf auch auf die Couch. Nachts schlafe ich in einem richtigen Menschenbett. Wir gehen jeden Tag spazieren, dann darf ich die meiste Zeit frei laufen. Ab und zu renne ich ein Stück. Und wenn ich dann mit lachendem Gesicht zum Frauchen zurück komme, was an sich schon Belohnung genug ist, bekomme ich auch noch Leckerli.

Morgens bin ich auch fröhlich. Wenn wir aufstehen, reibe ich meinen Kopf an Frauchens Bein. Das heißt: „Guten Morgen". Und wenn es Zeit ist für den Spaziergang, dann hole ich Spielzeug aus dem Korb und werfe es in die Luft. So freue ich mich dann.

Wasser gegenüber war ich anfangs ziemlich skeptisch und fand es sehr verwunderlich, dass die anderen sich einfach hinein stürzten. Aber nach und nach habe ich es auch zu schätzen gelernt. Jetzt gehe ich, wenn es warm ist, gern in den See und kühle mich ein bisschen ab.

Ich bin ein Sighthound… sagt man. Das heißt, dass ich schon in großer Entfernung alles sehe, was sich bewegt und hinterher renne… sagt man.

Na ja, vielleicht früher mal. Jetzt sieht Frauchen meist lange vor mir was es auch ist, das sich bewegt. Dann ruft sie mich, ich werde angeleint und bekomme was Leckeres. Und auch, wenn ich manchmal gar nicht recht weiß, warum, nehme ich es natürlich immer gern an.

Ich bin ein sanftmütiger Hund, trete nicht so in den Vordergrund. Wenn Hindernisse auf dem Weg sind, dann sehe ich nicht gleich, dass man da dran vorbei laufen kann. Wenn meine Pfote in der Leine hängt, warte ich, bis Frauchen sie raus holt. Und wenn meine eigene Wasserschüssel leer ist, dann warte ich eben mit dem Trinken, auch wenn eine andere volle Wasserschüssel daneben steht. Also glaube ich, dass ich nicht sehr schlau bin. Aber dem Frauchen macht das nichts, die findet mich trotzdem lieb.

Ich hänge mit inniger Liebe am Frauchen und folge ihr überall hin. Auf den Spaziergängen bleibe ich auch meist in ihrer Nähe.

Ansonsten bin ich recht faul, eine richtige Couch-potatoe eben. Stundenlange Spaziergänge brauche ich nicht mehr. Wir alten Greyhounds sind halt bescheidene und ruhige Hunde. Wir brauchen so wenig, um glücklich und zufrieden zu sein.

Frauchen meint trotzdem, dass ich dazu sagen soll, dass vielleicht nicht alle Greys solche Traumhunde sind wie ich. Na gut, ich tu ihr ja gern einen Gefallen.

Bin ich denn so ein Traumhund? Nein, nicht ganz. Ich habe auch Eigenschaften, mit denen mein Frauchen sich immer noch nicht so ganz arrangiert hat.

Erstmal ist da meine Angst. In der Natur und zu Hause fühle ich mich wohl, und dass Menschen lieb sind, habe ich inzwischen

auch gelernt. Aber Verkehr und Krach sind für mich die Hölle.
Fremde Hunde mag ich auch nicht besonders, besonders die Kleinen. Die erinnern mich an die Rennbahn, und wenn sie dann auch noch weg rennen, macht es in meinem Kopf „Klick" und meine Rennbahnvergangenheit holt mich wieder ein: ich muss hinterher, ob ich will oder nicht. Dasselbe passiert mir manchmal bei Kaninchen oder wenn ich Dunya's Beutekläffen höre. Aber meist renne ich danach ganz schnell zum Frauchen zurück.
Oh ja, ich schleppe auch oft Frauchens Schuhe in meinen Korb. Das kann sie nicht ausstehen, obwohl ich sie gar nicht kaputt mache. Ich schleppe sie halt einfach gern mit mir herum, weil sie nach Frauchen riechen und spazieren gehen bedeuten.

Mit den Katzen im Haus habe ich mich einigermaßen arrangiert, wir lassen uns gegenseitig in Ruhe, zumindest so lange sie nicht anfangen zu rennen. Wenn ich ihnen allerdings draußen begegne, muss ich zu meiner Schande gestehen, dass ich mich schon mal vergessen kann ...

Nicht viel Besonderes, was ich zu melden habe, nicht wahr? Aber ich habe euch ja gewarnt. Das Frauchen findet trotzdem, dass ich ein ganz besonderer Hund bin. Und sie muss es ja wissen, denn sie lebt schon seit 4,5 Jahren mit mir zusammen.

War gezeichnet: Bonita

P.S. von Bonita's Frauchen: Ich möchte zum Thema Katzen doch noch sagen, dass Bonita, wahrscheinlich zusammen mit Dunya, eine meiner Katzen getötet hat, als sie allein waren. Und das obwohl Bonita zu diesem Zeitpunkt schon ein Jahr bei mir wohnte und ich dachte, alles ginge gut.
Eine gewisse Vorsicht bleibt also geboten.

Fünf Hunde sind zu viel

Ich liebe meine Hunde, und solange wir in Haus und Garten sind, würde ich am liebsten noch mehr Hunde haben. Es gibt auch nichts Schöneres für mich, als den Hunden zu zu schauen, wenn sie über die Heide oder den Strand flitzen und genießen … solange wir niemandem begegnen. Ist das nämlich der Fall, dann hätte ich am liebsten nur *einen* Hund.
Früher galt das für Leute mit Hunden, inzwischen gilt das für Leute im Allgemeinen.

Es gibt Tage, die würde man am liebsten durchstreichen, und die letzten Tage fallen da auch drunter.
Dunya durfte wieder mal frei laufen und hat davon 2,5 Stunden dankbar Gebrauch gemacht. Als wir mit den anderen Hunden beim Auto standen, kamen zwei Spaziergänger vorbei, und plötzlich schossen Flits und Daisy bellend auf die Leute zu. Leider machte auch Seronda mit. 50 Kilo Hund, das ist schon ein Schrecken.

Gestern fand Dunya während des Spaziergangs ein totes Kaninchen – das weiß ich in diesem Fall mit Sicherheit, weil es schon steif war – und die anderen Hunde zeigten Interesse an ihrer Beute. Wir waren zu zweit unterwegs, und Tom hatte Dunya an der Ausziehleine; also rief ich die anderen Hunde zu mir.
Bonita kam sofort („Kaninchen rennt nicht, ist uninteressant") und Flits und Daisy zum Glück auch. Seronda hatte aber andere Pläne und schnappte sich zielstrebig eine Pfote des Kaninchens. Schönes Ziehspiel mit Dunya…
Inzwischen versuchte Tom, Dunya zu überreden, ihre Beute los zu lassen. Gleichzeitig zog er Seronda am Halsband von der Beute weg, sodass ich auch sie anleinen konnte.
Mittags begegneten wir auf einem sehr übersichtlichen Weg zwei Spaziergängern. Man sah sie schon von weitem, Seronda auch. Also erwarteten wir keine Probleme, da Seronda an sich sehr entspannt auf Menschen reagiert.

Vorsichtshalber leinte ich Flits und Daisy an, sodass sie nicht, wie gestern, den Startschuss geben konnten. Es schien auch alles prima zu gehen, bis Seronda auf circa 5 Meter Entfernung von den Leuten, bellend auf sie zu stürmte. Eine Erklärung habe ich dafür nicht, aber der Schrecken nicht nur bei den Spaziergängern, sondern auch bei mir, war groß.

Der Spaziergang heute Morgen war dann auch alles andere als entspannt. Ständig um mich herum schauen, ob ich etwas oder jemanden sehe. Auch hatte ich Angst, dass die Hunde das tote Kaninchen von gestern wieder finden würden, darum nahm ich einen anderen Weg.
Alle folgten mir, außer Seronda. Sie lief resolut zu dem Weg, wo das tote Kaninchen lag. Vielleicht war es auch nur Gewohnheit, weil wir sonst immer diesen Weg nahmen.
Das Gelände ist etwas hügelig, ich konnte Seronda also nicht mehr sehen. Ich fürchtete, dass sie das tote Kaninchen wieder finden und fressen würde, aber was sollte ich machen? Ich war allein unterwegs, und wenn ich mit den anderen Hunden Seronda gefolgt wäre, hätte ich wahrscheinlich nicht *einen*, sondern *fünf* Hunde bei dem toten Tier weg kriegen müssen. Eine unmögliche Aufgabe!

Also entschloss ich mich, erst mal die anderen Hunde zum Auto zu bringen und dann allein zurück zu laufen.
Unterwegs begegnete ich Leuten mit Kindern und Hund (alle Hunde an die Leine!) und konnte nur hoffen, dass sie Seronda nicht begegnen würden. Das Auto stand in der Sonne, auch das noch. Mit dem Mut der Verzweiflung ließ ich alle Türen und Fenster offen. Da ich einen Kleinbus fahre, habe ich keine schrägen Fenster, wodurch die Sonne nicht direkt ins Auto scheint und es drinnen relativ kühl war.
Ich lief ein Stück denselben Weg zurück, und da sah ich Seronda ankommen. Auf dem Weg links von ihr sah sie die Leute, denen ich schon begegnet war, und auf dem Weg rechts sah sie mich.

Ich breitete meine Arme aus in einer einladenden Geste (die sie kennt). Wie würde sie sich entscheiden? Bellend auf die Leute zu stürmen oder fröhlich zum Frauchen?
Können Sie sich meine Erleichterung vorstellen, als sie sich für die zweite Möglichkeit entschied? Einige unter Ihnen bestimmt.

Dennoch sind dies Tage, an denen ich wünschte, nur *einen* Hund zu haben. Ein Spaziergang mit den Hunden war früher immer entspannt, und so sollte es auch sein. Aber die letzte Zeit ertappe ich mich immer öfter dabei, dass ich froh und erleichtert bin, wenn alle nach dem Spaziergang wieder im Auto sind.
Das ist die Kehrseite meiner Entscheidung, mein Leben auf diese Art einzurichten, und die darf ja durchaus auch einmal belichtet werden.

Ein Mastin wird gebadet

Seronda wohnt nun schon seit fast drei Monaten bei mir. Aber immer noch hängt diese „spanische Tierheimluft" um sie herum. Oder, prosaïscher ausgedrückt: sie stinkt, obwohl sie nicht aus dem Tierheim, sondern einer spanischen Pflegefamilie kommt. Als sie zu mir kam, waren Haut und Fell fett und schuppig. Gutes Futter und Fellpflege haben das inzwischen etwas verbessert. Aber der Gestank blieb. Auch einige starke holländische Regenfälle haben daran nichts ändern können.

All meine Hunde aus Spanien hatten diesen typischen Geruch, daher wurden sie meist schon innerhalb der ersten Woche gebadet.

Allerdings wüsste ich nicht, wie ich Seronda die Treppe hinauf befördern sollte, abgesehen von der Tatsache, dass sie unmöglich in meine Duschkabine passen würde.

Also musste ich auf schönes Wetter warten, sodass ich sie draußen mit dem Gartenschlauch „baden" konnte. So hatten wir das damals mit Pacho auch gemacht, und nachdem er sich anfänglich etwas gewehrt hatte, hat er alles ganz gut und auch ruhig überstanden. Nur ist Seronda eben kein Pacho, und jeder Hund reagiert anders. Ich hatte also keine Ahnung, was mich erwarten würde.

Aber heute sollte dann doch der große Tag sein. Die Vorbereitungen wurden getroffen: nach dem Morgenspaziergang zog ich mich aus, Badeschlappen an, Handtuch, Hundeshampoo zurecht legen. Ich überlegte mir bereits, dass ich nachher wahrscheinlich eine lustige Geschichte schreiben könnte über den überfluteten Garten und eine noch immer trockene und stinkende Seronda.

Vorsichtshalber schloss ich die Hintertür, sodass Seronda nicht ins Haus entwischen konnte, und erklärte ihr, was ich vor hatte. Ich hatte mal gelesen, dass das hilfreich sein kann, und versuchen konnte man es ja mal. Ich hielt sie also lose am Halsband fest und begann vorsichtig, mit dem Gartenschlauch ihre Pfoten und dann den Rücken nass zu spritzen. Erst blieb sie ruhig stehen (ich war angenehm überrascht!), aber als sie das Wasser dann wohl auf der Haut fühlte, wollte sie weg.

Da ich wenig Lust auf einen Zweikampf verspürte – den ich sowieso verlieren würde! – nahm ich schon mal das Shampoo zur Hand. Seronda hatte sich etwas misstrauisch in die Blumenrabatten zurückgezogen. Um dem Kommando „komm her" keine negative Ladung zu geben, rief ich sie nicht, sondern führte sie ruhig am Halsband zurück zur Terrasse.

„Hier findet sie mich bestimmt nicht!"

Dann folgte der schwierigste Teil. Seronda festhalten und gleichzeitig das Shampoo auftragen. Sie fand, dass das Zeug fürchterlich stank. Na ja, über Geschmack lässt sich ja bekanntlich nicht streiten. Aber schließlich gelang es mir dann doch, das Shampoo in das stinkende Fell zu massieren. Da ich kein Tintenfisch mit vielen Armen bin, bedeutet das: sie blieb stehen, ohne dass ich sie festhalten musste. Eureka!

Danach kam noch das Abspülen, aber nun hatte Seronda wohl die Schnauze voll. Ich musste sie also festhalten, und mit nur einer Hand den Hund abspülen ist lästig. Ich tat mein Bestes und rieb sie danach mit dem Handtuch trocken. Na ja, trocken…

Die ganze Zeit habe ich mit ihr gesprochen und ihr gesagt, was für ein toller Hund sie doch ist. Ob es geholfen hat, weiß ich nicht. Aber die ganze Prozedur ist jedenfalls viel leichter über die Bühne gegangen, als ich erwartet hatte. Nur leider habe ich davon keine Fotos. Denn dafür hatte ich nun wirklich keine Hand mehr frei.

Ich erinnere mich daran, dass Pacho, nachdem wir ihn gewaschen hatten, beim ersten Regenfall so herrlich roch. Ich dachte damals noch: „Wie schön, kein Gestank wie 'nasser Hund'!" Das war allerdings der Rest des Shampoos, das in seinem Fell zurückgeblieben war. Und nach dem ersten Regen war es mit dem herrlichen Geruch vorbei.

Also vielleicht riecht Seronda bis zu unserem ersten Regenspaziergang ja auch nach Teebaumöl. Also ich hätte nichts dagegen einzuwenden.

Komische Viecher

Meine tierischen Hausgenossen überraschen mich immer wieder. Dass die Hunde nicht im Garten spielen, das habe ich schon lange akzeptiert. Aber warum weigert Seronda tagelang ihren Korb zu benutzen, wenn ein sauberes Kissen drin liegt?

Es ist bekannt, dass Mastins sozusagen „Fotos" von ihrer Umgebung nehmen, die sie im Gedächtnis festlegen. Sobald etwas nicht mit diesem Foto übereinstimmt, auch wenn das nur ein neuer Topf mit Narzissen ist, der im Garten steht, ist das verdächtig. Aber anscheinend nimmt Seronda auch Geruchsfotos, und mit Kissen, die nicht nach Hund riechen, will sie nichts zu tun haben.

Das Trinkverhalten ist überhaupt ganz eigenartig. Die Hunde trinken aus allem Möglichen, solange es nur kein richtiger Hundenapf ist. Seronda mag keine Metallnäpfe, und sie findet, dass Kranwasser stinkt. Also steht ein Plastiknapf mit Regenwasser im Garten. Am liebsten trinkt Seronda aber aus Pflanzschalen, mit oder ohne Erde drin.

Kein anderer Hund trinkt aus dem Wassernapf, wenn es sich irgend vermeiden lässt (vielleicht weil er regelmäßig sauber gemacht wird…?)

Flits ertappte ich dabei, dass er genüsslich aus einem alten Hundenapf trank, in dem ich Steine gesammelt hatte und der sich die letzten Wochen mit Regenwasser gefüllt hatte. Der Napf stand schon wochenlang in einer vergessenen Ecke des Gartens, schmutzig von der Erde und mit grünem Anschlag. Also ob das gesund ist… ?

Gypsi, meine 14-Jahre alte Perserkatze, hat nicht mehr viel Kraft in ihren Hinterpfoten. Darum steht für sie eine Wasserschüssel auf dem Boden. Aber was macht die Dame?

Trinkt aus dem hohen Vogelbad, wobei sie sich ganz hoch hinauf recken muss. Oder sie springt (was sie eigentlich nicht mehr kann!) auf den Gartentisch und trinkt aus der schmutzigen Plastikschüssel, die ich zum Unkrautjäten benutze.

Bonita ist unproblematisch und trinkt aus dem Hundenapf. Aber wie! Sie füllt ihre Schnauze mit Wasser und läuft dann vom Napf weg, wobei sie genüsslich drei Viertel des Wassers aus der Schnauze auf den Boden der Waschküche laufen lässt. Für den Küchenboden ist auch noch genug da, und das letzte bisschen Wasser wird schließlich runter geschluckt.

Und sie hat noch eine seltsame Unart: ich habe extra für meine Windekinder Gras gepflanzt, da sie es nun mal lieben, zu grasen wie die Kühe. Anstelle davon kaut sie aber lieber die frischen Ausläufer meiner Astilbe ab. Und gestern habe ich sie dabei erwischt, wie sie sich an den Knospen des Lavendels erfreute.

Nun brauche ich mich nicht mehr zu fragen, warum manche Lavendelpflanzen voll in Knospe stehen und andere nicht. Wieder ein Rätsel gelöst.

Dunya's Rubrik: Am Strand

Die letzten Monate waren gar nicht mal so übel. Obwohl ich nicht mehr so oft frei laufen darf seit dem Gespräch, das mein Mensch mit dem Förster hatte (oder eigentlich umgekehrt…), bin ich doch auf meine Kosten gekommen. Meine Leute traf ich dann hinterher immer bei der Picknickbank wieder…

Im Juni waren wir wieder mal am Strand, das war Klasse. Wir besuchten andere Hundemenschen, die da auf dem Campingplatz Urlaub machten. Sie haben vier Hunde, Podencos und Mischlinge, also hatten wir riesigen Spaß.

Fing schon gleich an, als wir ankamen. In ihrem „Garten" lagen nämlich überall Kauknochen, und wir – als Gasthunde – durften die einfach so nehmen. Wenn ich dran denke, was für ein Theater mein Mensch immer macht, wenn wir ab und zu mal so ein Teil kriegen…

Am Strand selbst war es glaube ich auch ganz nett. Aber davon habe ich nicht so viel mitgekriegt, ich war nämlich im Gebüsch beschäftigt.

Meine Kollegen haben alle Hunde, die auf den Strand wollten, mehr oder weniger erfolgreich vertrieben, weil der Strand natürlich ihnen gehörte. Logisch, oder? Fand mein Mensch aber nicht. Ihr wisst, wie schwierig sie ist. Angeblich ist sie doch immer für Deutlichkeit und Konsequenz? Na also, dann sollte man doch meinen, dass dieses Verhalten meiner Kollegen genau richtig ist! War's aber nicht. Mensch, bin ich froh, dass ich schon vor langer Zeit aufgegeben habe, ihr was recht zu machen!

Nach anderthalb Stunden kam Herrchen mich suchen, und obwohl nur meine Schwanzspitze aus dem Loch heraus guckte, das ich gegraben hatte, hat er mich doch gefunden. Schade.

Dunyas Rubrik: Warme Nächte

Darf ich noch was loswerden zum Thema Schlafen? In unserem Schlafzimmer haben wir jetzt im Sommer so um die 28 Grad. Also endlich mal eine angenehme Schlaftemperatur! Was macht mein Mensch? Kommt mit nassen Waschlappen angelatscht, um unsere Füße zu kühlen.
Bonita freut sich wie ein Schneekönig, denn sie hechelt ganz schön. Lässt sich sogar den Kopf mit dem kalten Wasser abwaschen (igitt, allein schon die Vorstellung!) Aber gut, das ist ja ihre Sache. Aber als mein Mensch mit dem nassen Lappen in meine Richtung kommt, ziehe ich demonstrativ die Füße ein und *schaue sie nur an*. Aber wie! Prima, das kommt rüber, und sie zieht sich diskret zurück... mitsamt ihrem Waschlappen.

Ansonsten schiebe sogar ich eine ruhige Kugel bei der Hitze. Liege höchstens 'ne halbe Stunde in der Sonne – mein Mensch findet mich völlig durchgeknallt – und ziehe mich dann ins Haus zurück, meistens unter den Tisch oder in meine Bench. Ich stelle auch nicht so viel an. Lasse sogar das Katzenfutter für Gypsi auf der Fensterbank stehen und klaue nicht das Brot vom Teller, wenn mein Mensch noch schnell ins Haus geht, um ein Glas Milch zu holen.
Also nicht sehr aufregend alles. Aber keine Angst, irgendwann wird's auch mal wieder kühler…

Übrigens, erinnert ihr euch noch an Seronda, unseren neuen Hund? Ich hatte doch erzählt, dass ich abwarten muss, ob sie ein Kumpel wird oder sich erziehen lässt? Nun, bisher ist es so'n bisschen dazwischen drin. Manchmal benimmt sie sich wie ein Kumpel und haut zusammen mit mir ab; aber manchmal lässt sie sich auch für 'n Stück Käse zurückrufen. Also warten wir's ab.

Dunyas Mensch, im Namen von Dunya

Der Rudeleffekt

Seit zwei Stunden genießt Dunya ihren Freilauf, und wir gehen mit den anderen Hunden auf eine Wiese. um auf ihre Rückkehr zu warten. Während ich den Kaffee aus dem Auto hole, kommen auf einmal „aus dem Nichts" zwei Spaziergänger an unserem Auto vorbei.

Meist gibt das keine Probleme. Jetzt wohl. Flits meldet "Unrat" und rennt zusammen mit der kleinen Daisy bellend auf die Leute zu. Seronda findet nun auch, dass sie sich einmischen muss und tut's ihnen gleich – und eine Mastin-Dogge bellt laut! Die Leute erschrecken sich zu Tode, und ich stehe wieder mal da wie ein begossener Pudel und schäme mich.

Ich erinnere mich, dass wir vor Jahren mit unseren damals zwei Hunden, Rubis und Flits, problemlos und ohne Leine durch das Viertel laufen konnten. Was ist doch inzwischen passiert?

Aber ich kenne die Antwort nur zu gut: der Rudeleffekt. Je größer die Hundegruppe, desto mehr Mut hat man, und der eine Hund steckt den anderen mit seinem Verhalten an.

Es braucht gar nicht immer der Alfa Flits zu sein, der anfängt. Manchmal kann auch Dunya plötzlich scharf bellend in der Leine hängen, wenn sie einen fremden Hund sieht, und der Effekt auf den Rest des Rudels ist derselbe.

Flits gehorcht perfekt, wenn man allein mit ihm unterwegs ist. Er reagiert auf die kleinsten Signale und Gebärden und lässt einen kaum aus den Augen. Aber sobald ich mit allen Hunden zusammen unterwegs bin, transformiert er in einen Schäfer- und Schutzhund mit den entsprechenden Folgen. Er muss alles beobachten und seine Herde beschützen … findet er.

Bonita hatte anfangs Probleme mit angeleinten Hunden, aber das habe ich ihr schnell abgewöhnen können. Wenn alles frei lief, gab es sowieso nie Probleme.

Seit einigen Jahren hat sich das leider geändert und reagiert sie oft sehr giftig auf fremde Hunde – angeleint oder nicht -, vor allem auf kleine Hunde. Das Verhalten fing an, einige Monate nachdem

Pacho, mein fünfter Hund, bei uns seinen Einzug gehalten hatte. Auch hier wieder: der Rudeleffekt. Zusammen sind wir stark.

Dunya ist als Podenco grundsätzlich ein sozialer Hund, aber auch sie kann oft sehr böse auf fremde Hunde reagieren. Dieses Verhalten zeigt sie allerdings auch, wenn man allein mit ihr unterwegs ist. Also ist hier möglicherweise weniger der Rudeleffekt als die Frustration der Grund, weil sie meist angeleint ist.

Mit Daisy habe ich an vielen Kursen teilgenommen, und grundsätzlich gehorcht sie ausgezeichnet. Aber auch bei ihr sehe ich in den letzten Jahren Veränderungen in ihrem Verhalten. Je größer das Rudel wurde, umso schärfer wurde sie. Sie ist auf einmal wachsam, rennt bellend auf fremde Hunde zu und sogar auf Menschen.

Und das, obwohl sie im Grunde ein großer Menschenfreund ist und am liebsten alles und jeden fröhlich begrüßt... was sie dann auch tut, wenn sie erst einmal bei den Menschen oder Hunden angekommen ist.

Seronda wohnt erst seit zwei Monaten bei uns und ist noch sehr leicht zu beeinflussen. Eigentlich zeigt sie recht soziales Verhalten gegenüber Menschen und anderen Hunden, wobei sie mit angeleinten Hunden mehr Probleme hat als mit frei laufenden. Selbst nimmt sie auch nicht die Initiative, um los zu preschen. Aber wenn ein anderer Rudelgenosse den „Startschuss" abgibt, dann macht sie mit. Gar nicht so leicht in so einem Moment, 50 Kilo in Schach zu halten. Und leider verbellt sie seit dem oben beschriebenen Vorfall auch Menschen.

Sind wir jedoch im Dorf oder bei einem Hundetreffen, dann können die Hunde problemlos zwischen allem herum laufen, was Beine oder Pfoten hat. Anscheinend ist das eigene Rudel von „nur" fünf Hunden dann in einer vergleichsweise großen Gruppe nicht stark genug. Auch Spaziergänge mit vier oder mehr (fremden) Hunden sind problemlos, da das Gleichgewicht dann weniger gestört ist als beim Kontakt mit nur einem fremden

Hund, besonders wenn dieser auch noch ängstlich oder unsicher ist. Die einzige Ausnahme hierbei ist und bleibt leider Flits. Auch in einer größeren Hundegruppe meint er, er müsse seine Kräfte mit allen anwesenden Rüden messen.

Es stimmt mich traurig zu sehen, was der Rudeleffekt zustande bringt bei Hunden, mit denen man – jeder für sich – prima zurecht kommt, denen man aber als Spaziergänger, Radler oder Jogger, wenn sie alle zusammen sind, besser aus dem Wege gehen kann…

Und dann gibt es natürlich auch noch die andere Seite: das Leid der Hunde in Spanien – und auch in anderen Ländern – das mich Tag für Tag übers Internet erreicht. Traurige Hundeaugen, Hunde die schon jahrelang in einem Tierheim warten auf den einen Menschen, der ihnen eine Zukunft geben will, meist vergeblich. Hunde die sich selbst fast aufgegeben haben von all dem Elend, das sie in ihrem Leben mitmachen mussten.

Gibt es denn wirklich keine Möglichkeit, um so einem armen Tier noch ein paar schöne Jahre zu gönnen? Stelle ich mich an, wenn ich sage, dass ich keinen Hund mehr aufnehmen kann? Suche ich Schwierigkeiten, wo's keine gibt? Was erwartet so eine arme Seele denn schon? Einen warmen Platz, Liebe und Geborgenheit.

Ja, wenn das alles wäre, dann könnte ich tatsächlich noch einen Hund aufnehmen. Aber auch eine arme Socke aus Spanien muss ausgeführt werden. Und auch ein Hund, der ein schlechtes Leben hatte, ist nicht nur „treu, dankbar und unkompliziert". Man weiß vorher nie, wie so ein Hund sich entwickelt, schon gar nicht, wenn er in ein Rudel von 5 Hunden landet, die Stück für Stück ihre eigenen Probleme und Gebrauchsanweisungen haben.

Und genau da liegt das Problem. Also muss ich meine Möglichkeiten und Unmöglichkeiten realistisch einschätzen. Und ob ich mich nun anstelle oder nicht, wenn 5 oder mehr Hunde sich gemeinsam auf einen fremden Hund stürzen, dann hilft es wenig, wenn man dem Herrchen oder Frauchen erklärt, was für ein trauriges Leben diese Tiere in Spanien gehabt haben…

Dunyas Rubrik: Zu weit gegangen…

Ich glaube, dass ich es diesmal wirklich versaut habe. Herrchen war vor einer Weile mit uns unterwegs, auf der einen Seite an einem Bach entlang, und auf der anderen waren Felder. Er hatte mich frei laufen lassen, und ich blieb immer so 50 Meter vor ihm und ging auch brav mit ihm zum Auto zurück. Das war allerdings das erste Mal, dass ich dort frei laufen durfte.

Mein Mensch wollte heute das Gleiche versuchen. Versuchen, ja, denn geklappt hat es nicht. Der erste Teil ging noch ganz gut, aber die 50 Meter wurden 100 Meter und mehr, und wenn mein Mensch mich rief, habe ich natürlich nicht reagiert. Normalerweise kann sie mich schon nicht einholen, geschweige denn bei 35 Grad im Schatten! Dann ist sie nämlich noch langsamer als sonst.
Trotzdem gab sie den Mut nicht auf, denn als ich sah, dass sie sich umdrehte, um zurück zu laufen, machte ich mit. Nur rannte ich in so hohem Tempo an ihr vorbei, dass sie keine Chance hatte, mich zu fassen. Ich hatte mich immer schon mal auf den Feldern umsehen wollen, dies erschien mir also eine prima Gelegenheit. Da war so ein Schild „Empfindliches Gebiet – nicht betreten", aber das gilt sicher nicht für Podencos. Hab' mich auch total amüsiert. Wie lange weiß ich nicht. Wenn man Spaß hat, fliegt die Zeit.
Jedenfalls bin ich irgendwann auf den Weg zurück, um meine Kumpels zu begrüßen. Mein Mensch rief mal wieder. Sie versuchte fröhlich zu klingen – das hat sie so gelernt -, aber mich kann sie nicht für dumm verkaufen. Also raste ich wieder an ihr vorbei. Ich glaube, dass sie da schon anfing, ein ganz kleines bisschen ärgerlich zu werden.
Ich erspare euch die Einzelheiten, aber das wiederholte sich noch einige Male. Zum Schluss hatte ich es auch ziemlich warm gekriegt. Auf der anderen Seite des Feldweges, wo das Auto stand, war ein wunderschöner klarer Bach, und – mit ihrem „Duuuunyaaaaa!" in den Ohren – überquerte ich den Feldweg,

tauchte ab und schwamm ein paar Runden. Hatte ich schon ewig nicht mehr gemacht. Ganz angenehm eigentlich bei der Hitze.

Mein Mensch hatte nun die Schnauze gestrichen voll und war so was von sauer. Der Schweiß lief ihr über Kopf und Körper, sie sah aus, als ob sie auch geschwommen hätte. Vielleicht hätte sie das tun sollen. Etwas Abkühlung hätte ihr jedenfalls nicht geschadet.

Ich glaube, dass ich dieses Mal vielleicht doch ein ganz kleines bisschen zu weit gegangen bin. Als ich wieder am Ufer war, fasste sie mich am Halsband und zerrte mich zum Auto. Ja, wirklich, sie zerrte mich, anders kann man das nicht nennen. Obwohl sie doch in der Hundeschule gelernt hatte, dass man immer fröhlich reagieren muss, wenn der Hund zurückkommt. Darauf kann ich mich also auch nicht mehr verlassen.
Seitdem hat sie nicht mehr mit mir geredet. Nicht mal geschimpft hat sie. Ignoriert mich völlig. Das passt mir ja nun auch wieder nicht. Ich glaube, ich hab's jetzt wirklich endgültig versaut…

Dunyas Mensch, im Namen von Dunya

Fröhlicher Flits

Vom Aussehen her ist Flits eher unauffällig, ein Hund wie Dutzende andere. Aber schon als wir ihn mit ca. 4 Monaten aus dem Tierheim holten, war das Auffälligste an ihm seine Fröhlichkeit.

Nun ist das für einen Hund in diesem Alter nichts Besonderes; Welpen und junge Hunde sind meistens fröhlich und neugierig. Aber Flits hat sich seine Frohnatur bewahrt. Inzwischen ist er 10 Jahre alt; seine Schnauze und Pfoten sind grau geworden, aber noch immer hat er die Fröhlichkeit eines jungen Hundes.

Wohin wir gehen, ist ihm egal, solange er mit darf. Spazieren gehen macht natürlich Spaß, aber auch wenn er zum Einkaufen mit darf, findet er das toll.

Auch was die Stelle betrifft, wo wir spazieren gehen, ist er nicht kritisch. Wald, Heide, Felder, alles ist in Ordnung. Auch das Wetter hat wenig Einfluss auf sein Gemüt. Ob es nun warm oder kalt ist, regnet oder schneit: Flits genießt!

Er muss die Heide schon 1000 Mal gesehen haben, aber jedes Mal. wenn die Autotür auf geht, springt er fröhlich hinaus und „entdeckt" die Heide.

Am tollsten ist es für Flits, wenn er allein mit Tom oder mir losziehen darf. Dann tanzt er wie ein Rassepferd, lässt uns nicht aus den Augen und… freut sich.

Wenn wir nach dem Spaziergang nach Hause kommen, ist das auch Grund zur Freude. Denn dann gibt es Fressen.

Die Zeit zwischen den Spaziergängen verschläft er meist auf dem Flur, bei der Haustür. Auf die Art kann er am besten das Haus bewachen, findet er. Ich habe es irgendwann aufgegeben, ihn ins Wohnzimmer zu bekommen, und ihm ein schönes dickes Kissen auf den Flur gelegt.

Manchmal schläft er so fest, dass er es nicht hört, wenn die Post kommt - das wäre noch vor einigen Jahren undenkbar gewesen –

oder als Letzter merkt, dass es Zeit ist für den Spaziergang. Ach ja, in dem Alter ist das erlaubt.

Nach dem Tod seiner großen Freundin Rubis war er kurz verwirrt; aber schon nach einigen Tagen siegte seine positive Lebenseinstellung über seinen Kummer. Seitdem verlässt ihn seine Fröhlichkeit nur, wenn er spürt, dass wir weggehen. Werden Sachen zusammen gesucht, Taschen gepackt, dann ist Flits todunglücklich.
Aber dann der Moment, wenn wir sagen: Komm, Flits! Dann springt er ins Auto, darf mit in den Urlaub und scheint der glücklichste Hund der Welt zu sein!
Entspricht die Ferienwohnung nicht ganz unseren Wünschen? Zu klein, nicht gut eingerichtet, Garten nicht eingezäunt? So what? Flits macht das alles nichts aus!

Vor einiger Zeit wollte Flits plötzlich nicht mehr ins Auto. Wir dachten, dass es an seinem Alter läge, und versuchten es mit Leckerchen, wofür er immer zu haben ist. Jetzt springt er wieder mit der Grazie eines jungen Hundes ins Auto, setzt sich brav hin und bekommt seine Belohnung.
Geht Tom mit spazieren, dann gibt er Flits seine Belohnung im Auto. Flits tut dann, als wenn er noch nichts gehabt hätte; und ich tue, als wenn ich das nicht merken würde… und gebe ihm noch ein Leckerchen.

Ich muss zugeben, dass wir Flits anfangs mit einem so genannten Würgehalsband trainiert haben. Ich – und auch die Hundeschule – wussten es damals noch nicht besser. Aber seit die Trainings-methode mit dem Klicker ihren Einzug gehalten hatte, sah man auf einmal einen ganz anderen Hund: hei, so geht's auch! Flits reagiert auf die kleinste Handbewegung, und wenn man ihm dann erzählt, was für ein toller Hund er ist, wedelt er sich beinahe den Schwanz ab.

Wenn Tom mittags vorbei kommt, freut Flits sich auch… und wartet dann, dass Tom wieder weg geht, denn dann bekommt Flits ein Leckerchen. Es ist ein Brocken von seinem eigenen Trockenfutter, aber wenn man sieht, wie er sich darüber freut, scheint das der Höhepunkt des Tages zu sein.

Nachteile? Natürlich hat er die auch. Er versteht sich nicht gut mit anderen Rüden, vor allem, wenn das ganze Rudel zusammen ist und er meint, seine „Damen" verteidigen zu müssen. Denn er wacht mit starker Pfote über sein Rudel.

Dennoch: wenn man sieht, wie Flits sich über kleine Dinge freuen kann, wie positiv seine ganze Lebenshaltung ist, dann können wir als Menschen viel von ihm lernen.

Meine Hunde gehorchen; es sei denn…

Kennen Sie das auch? In einem Café machen meine Hunde brav „Platz" und bleiben auch liegen… es sei denn, ein anderer Hund kommt herein. Im Auto warten sie brav, bis ich sage, dass sie aussteigen dürfen… es sei denn, sie sehen eine Katze. Und auf den Spaziergängen kommen sie, wenn ich sie rufe… es sei denn, sie sehen ein Kaninchen oder etwas anderes, das ihr Interesse weckt, oder sie haben eben in dem Moment einfach keine Lust zu kommen.

Mir ist schon klar, dass man jede Übung – also auch das Kommen auf Zuruf – langsam aufbauen muss. Zuerst ohne Ablenkung, dann mit etwas Ablenkung und so weiter.

Aber ich schaffe es nie, um gerade die Situationen zu üben, worauf es mir eigentlich ankommt, oder anders gesagt: bei denen es schief geht. Ich kann nicht auf Kommando einen Hasen über den Weg springen lassen, um zu üben… oder einen Spaziergänger… oder Radfahrer.

Bonita ist nicht freundlich zu fremden Hunden, denen wir begegnen. Aber auf den diversen Hundetreffen ist sie – in der großen Gruppe – die Sanftmut in Person.

Mit Seronda besuche ich jetzt die Hundeschule, weil sie einsame Spaziergänger, Radler und Jogger verbellt, die uns begegnen. Sitzen wir aber auf einer Caféterrasse, ist sie ein Schatz und lässt sich von allen streicheln. Sie gibt sogar Küsschen. Würden wir aber denselben Leuten im Wald begegnen, dann würde Seronda sofort zum Schutz ihres Rudels oder Territoriums übergehen.

Die Hundeschule bringt mich da leider auch nicht weiter, denn – wie Sie wahrscheinlich schon erwartet haben – ist Seronda dort lieb zu den anderen Kursusteilnehmern und auch zu den Hunden. Selbst Radler, die ab und zu vorbei kommen, da der Kursus draußen abgehalten wird, haben nichts zu befürchten.

Also wie soll man das nun üben?

Ich habe schon seit vielen Jahren Hunde, aber dieses Problem habe ich bisher nicht lösen können. Ich bin bestimmt nicht die einzige.

Ich bin der beste Sighthound …

Heute Morgen ging ich mit den Hunden an einem kleinen Bach entlang spazieren, weit außerhalb des Dorfes. Erst kam ein Kleinlaster vorbei – Seronda hielt es für nötig, bellend hinterher zu rennen; man weiß ja schließlich nie – und danach saß ein Kaninchen mitten auf dem Weg.

Durch das Zusammenleben mit meinen fünf Rackern bin ich selbst schon so etwas wie ein Sighthound geworden und habe mir angewöhnt, ständig die Umgebung nach Unrat oder möglicher Beute abzusuchen… und nach allem, was die Hunde dafür halten könnten.
Das kann ein Auto sein, ein Fahrrad, Jogger, Spaziergänger mit oder ohne Hund, ein Reh oder … ein Kaninchen.
Und Letzteres beglückte uns wie gesagt heute Morgen. Saß mitten auf dem Weg und rührte sich nicht. Ich hatte es bereits vor den Hunden gesehen.
So lange ein Tier ruhig sitzen bleibt, bin ich ja auch den Hunden gegenüber im Vorteil, da diese vor allem bewegende Objekte wahrnehmen. Ich rief die Hunde also mit fröhlicher Stimme. An die Leine und Leckerchen, außer Daisy, die nicht größer ist als das Kaninchen, auf jeden Fall aber weniger schnell.

Das Kaninchen fand uns anscheinend recht interessant und kam fröhlich auf uns zu gehoppelt. Nun kapierten auch die Hunde, dass irgendwas los war. Also grub ich meine Hacken in den Boden und kippte meinen Körper fast horizontal nach hinten, um alle Hunde halten zu können.
Flits und Seronda fixierten das Tierchen. „Ja, gut so… immer weiter zu uns… ja, komm schön….".
Daisy sprang nervös um uns herum. „Kommt, Leute, da ist ein Kaninchen, und alleine trau ich mich nicht!".
Dunyas Blick war steif auf das Kaninchen gerichtet. „Hackfleisch würde ich aus dir machen, wenn ich nicht an der Leine wäre. Dass du's nur weißt: HACKFLEISCH!"

Bonita – mein Greychen und Sighthound – schaute sich suchend um. "Hm? Was? Ist was? Hab' ich was verpasst? Nun sag schon, WAS IS' LOS?"

Das tapfere Tierchen hoppelte inzwischen weiterhin fröhlich auf uns zu. Laut rufen wollte ich nicht, um den Hunden nicht auch noch ein „Angriffskommando" zu geben. Aber ich wollte wohl das Kaninchen erschrecken, sodass es in die andere Richtung laufen sollte. Denn wenn es noch ein paar Meter näher heran gekommen wäre, hätte ich die Hunde wirklich nicht mehr halten können.

Also machte ich ein lautes, zischendes Geräusch. Das Kaninchen blieb stehen, stellte die Ohren hoch und rannte – endlich! – in die andere Richtung.

Die Hunde blieben aufmerksam und darum an der Leine. Erst als alle wieder im Auto saßen, konnte ich erleichtert aufatmen. Das Kaninchen wahrscheinlich auch.

Wieder ein Zusammenstoß...

Ich war heute Morgen auf der Heide, und ausgerechnet auf dem Pfad zurück zum Auto sah ich Menschen. Kein Hund zu sehen, aber trotzdem außer Seronda vorsichtshalber auch Bonita angeleint – zum Glück, wie sich bald herausstellte.

Ich blieb bei der Weggabelung stehen, um nicht an den Leuten vorbei zu müssen, in der Hoffnung, dass sie die andere Richtung einschlagen würden.

Flits rennt in Rekordtempo zu den Leuten hin, Daisy wie eine Furie kläffend hinterher. Pfeifen. Daisy kommt kurz zurück, aber nicht ganz bis zu mir, um danach sofort wieder kläffend zu den Leuten hin zu rasen. Flits reagiert überhaupt nicht auf meinen Pfiff.

Die Leute kommen näher, und dann sehe ich auch den Hund, ausgerechnet ein Welpe. Dunya gibt einen Ruck an der Leine (*Ratsch*, macht es in meinem linken Arm), aber ich kann sie halten.

Dann gibt Seronda einen Ruck (Doppel-ratsch in meinem rechten Arm), und sie kann ich nicht halten. Ich muss also ganz schnell entscheiden: los lassen oder hinfallen. Bei Bonita hätte ich mich bestimmt für das Zweite entschieden. Aber da Seronda keine Hunde frisst, habe ich die Leine los gelassen.

Ich konnte nicht sehen was passierte, weil Sträucher dazwischen waren. Wegen der Windhunde konnte ich auch nicht hinter Seronda her laufen, denn die hätten sich garantiert auf den Welpen gestürzt. Plötzlich kam die Frau zu mir, Seronda lief ganz brav an der Leine neben ihr her.

Der Welpe war nicht verletzt, Seronda ist also "nur" hinter ihm her gejagt. Schlimm genug.

Ich habe den weißen Feger böse angeleint - Flits konnte ich jetzt wohl verbal bei mir halten – und mich wieder einmal entschuldigt...

Ich frage mich, ob diese Begegnung für die Sozialisierung des Welpen Folgen haben wird. Ob er nun zum Hundehasser wird.

Zum Glück reagierten die Leute sehr gut; kein Geschrei, und sie haben den Hund auch hinterher nicht getröstet, sondern sind ganz normal mit ihm weiter gelaufen. Also hoffe ich das Beste.

Letzte Woche sind wir dort auch einem Hund begegnet. Seronda, Flits und Daisy liefen frei und liefen auf den anderen Hund zu, aber ohne zu bellen. Sie benahmen sich ganz gesittet. Der Unterschied: es war ein selbstbewusster, sozialfähiger Hund, der nicht weg rannte, sondern stehen blieb und auf "hündische" Art Bekanntschaft machte, während dies ein ängstlicher Welpe war, der weg rannte.

Heute Abend gehe ich wieder mit Seronda und Flits zur Hundeschule. Und ich frage mich, warum!
Auf dem Hundeplatz kann ich Flits mit Handzeichen leiten, und es gibt nie Streit mit anderen Hunden. Aber wenn es wirklich nötig wäre, dann habe ich nichts, aber auch gar nichts von all dem Training!!!

Dunya's Rubrik: Urlaub in Frankreich

Eigentlich wollte mein Mensch ja eine Geschichte über den Urlaub schreiben, aber ich habe sie überredet, das mir zu überlassen. Sie hätte doch bloß über die Natur berichtet, und wen interessiert das schon!

Also, hier kommt *mein* Reisebericht:

Frankreich. Da sollten wir hin fahren. Das sagte mir nicht viel, aber ich dachte: Abwarten und Tee bzw. Wasser trinken. Mein Mensch tat gerade so, als wenn sie den vollen Durchblick hätte, nur weil sie sich im Internet über die Gegend schlau gemacht hatte. Aber in Wirklichkeit hatte sie natürlich Null Ahnung, was uns erwarten würde.

Als wir dann endlich da waren, redete sie die ganze Zeit nur über die atemberaubende Landschaft. Also, so Atem-beraubend kann die nicht gewesen sein, denn sie hatte genug Atem übrig, um während des ganzen Urlaubs darüber zu quatschen. Glaubt mir, liebe Leute, nach ein paar Tagen hatte ich das so was von satt!

Und mit ihrer ewigen Fotografiererei hat sie uns auch genervt. Alles, aber auch wirklich alles musste sie fotografieren. Berge, Felsen, Wälder, Dörfer, sogar die Kühe (als wenn wir die zu Hause nicht hätten…) bloß weil die weiß waren und nicht bunt wie bei uns. Who cares, die Viecher kann man sowieso nicht jagen!

Und wir Hunde mussten natürlich auch herhalten! In Flits fand mein Mensch ein williges Opfer. Auf einem Felsen oder Baumstamm sitzen, in die Kamera schauen oder lieber zur Seite. Man kann sich nichts ausdenken, was so verrückt ist, dass er's nicht mitmachen würde.

Mit mir hatte sie es da schon schwerer, denn ich bin immer in Bewegung. Es sah schon lustig aus, wie sie mich ständig verfolgte, die Kamera im Anschlag. Aber meist war sie viel zu langsam für mich, wie üblich. Unter uns gesagt: wenn sie kein Teleobjektiv auf ihrer Kamera gehabt hätte, dann hätte sie wahrscheinlich überhaupt keine Fotos von mir machen können!

Einmal wollte sie mich fotografieren, nachdem ich gerade einen steilen Hang runter gerannt war, um im Bach zu trinken. Mein Mensch stand natürlich oben, auf dem Pfad. Und sie hat Höhenangst.

Aber anscheinend ist mehr nötig, um sie am Fotografieren zu hindern. Sie hat sich einfach sehr dekorativ um einen Baum gewickelt, um doch noch ihr Foto zu schießen. Schade dass sie nicht sehen konnte, wie blöd das aussah. *Davon* hätte mal jemand ein Foto machen sollen!

Der Garten, der bei unserem Ferienhäuschen war, taugte leider nichts – vom Podencostandpunkt aus gesehen. Ich hatte sie vorher wohl von dem „eingezäunten Garten" reden hören (Ich habe diese Satellitenohren ja nicht umsonst, mir entgeht nicht viel!). Aber ich hatte mir keine Sorgen darüber gemacht. Vor einigen Jahren hatten wir auch mal ein Ferienhaus mit eingezäuntem Garten, und da war ich innerhalb von anderthalb Stunden draußen, und was mehr sagt: meine Hundekumpels auch. Also von wegen eingezäunt…

Aber dies war kein stümperhafter Zaun von anderthalb Metern, wo man als Podenco in null komma nichts drüber springt. Ich habe gleich nach unserer Ankunft die Grenzen des Gartens genau abgelaufen, auf der Suche nach der Schwachstelle. Aber die gab's nicht. Anscheinend wählen meine Leute die Ferienhäuser gegenwärtig sorgfältiger aus, denn im vorletzten Urlaub hatten wir auch schon so einen blöden Garten.

Ich bin ja in einer Auffangstation geboren, und darum kannte ich die spanische Landschaft und die Berge nur vom Hören sagen. Nun, hier war genau so eine Landschaft. Und ich kann euch ein Ding sagen, das sogar mein Mensch einsehen musste: das ist genau, wozu wir Podencos geschaffen sind! Mit Lichtgeschwindigkeit die steilen Hänge hoch rasen, über Felsen klettern, das ist das richtige Leben.

Leider gab's keine Kaninchen, aber es roch sehr angenehm nach Rehen, Dachsen und Füchsen. Und weil ich nicht abgehauen bin, durfte ich fast den ganzen Urlaub frei laufen.

Den anderen Hunden hat es auch gefallen. Nur Bonita taten die Pfoten weh, weil die meisten Wege ziemlich steinig waren. Und sie hat sehr empfindliche Füßchen. Na ja, eben kein Podenco.

Ich habe jedenfalls den Urlaub meines Lebens gehabt. Und ich finde, dass wir eigentlich da hin umziehen sollten. Aber dann bitte in ein Haus mit einem Garten, der etwas Podenco-freundlicher ist. Wie soll ich denn sonst meine Künste als Super-Ausbrecher unter Beweis stellen!

Dunyas Mensch, im Namen von Dunya

Ein Hase, ein Maisfeld und ein Podenco

= kein schöner Ausflug

Heute beschloss ich eine Stunde nach dem Morgenspaziergang, mit den Hunden einen zusätzlichen Ausflug zu unternehmen. Wir fuhren in ein großes Naturgebiet, wo es meist außerhalb der Touristensaison verhältnismäßig still ist. Bereits auf dem Parkplatz wurde ich eines Besseren belehrt: 5 Autos und einige Radfahrer.

Für einen Städter mag das nicht gerade turbulent aussehen, aber ich weiß es besser: 5 Autos bedeuten nämlich 5 Möglichkeiten um Menschen zu begegnen, wahrscheinlich mit Hund. Also mussten Bonita und Seronda an die Leine. Dunya durfte frei laufen, sodass auch sie diesen Ausflug genießen konnte.

Das tat sie dann auch. Innerhalb von 10 Minuten hatte sie einen Hasen gefangen, mit dem sie stolz in meine Richtung gelaufen kam. Meist *rennt* Dunya nur und verfolgt allerlei Spuren; sehr selten fängt sie wirklich etwas, außer Mäusen. Aber heute eben doch.

Als sie näher kam, sah ich, dass das Tierchen zappelte. Der Hase lebte also noch, und ich wollte versuchen, ihn zu retten. Aber erst musste ich die anderen Hunde irgendwo anbinden, sodass sie den Hasen nicht greifen konnten, wenn Dunya ihn los ließ.

Und was macht Dunya? Dreht sich um und läuft mit dem Hasen in der Schnauze zu einer Gruppe Spaziergänger. Auch das noch! Mein Rufen hatte natürlich keinerlei Effekt. Dieser Ausflug entwickelte sich doch ganz anders, als ich geplant hatte, und „schön" war er schon überhaupt nicht mehr.

Die Spaziergänger, nicht gehindert durch einschlägige Kenntnisse über Hundeverhalten, schlossen Dunya vollständig ein und brüllten die ganze Zeit „Aus! Aus! Aus!", ohne zu wissen dass sie dieses Kommando ja tatsächlich beherrscht. Das Verrückte daran war, dass es auch noch klappte.

Dunyas Schnauze fiel buchstäblich auf, wahrscheinlich vor reinem Erstaunen. Der Hase sprang unverletzt in die Felder, und –

was mich vollends erstaunte – Dunya verfolgte ihn nicht mal mehr.

Anscheinend fiel ihr dann auf, dass 100 Meter weiter ihr Mensch stand und sie rief, und so kam sie zu mir. Ich habe sie über den Kopf gestreichelt. Ob sie das nun als Belohnung fürs Jagen, Loslassen oder zu mir kommen erfahren hat, sei dahingestellt. Die Fachleute behaupten ja, ein Hund kombiniere eine menschliche Reaktion immer mit dem letzten Verhalten, das er gezeigt hat.

In diesem Fall habe ich also das zu mir kommen belohnt. Ach, gar so wichtig ist das in diesem Fall auch nicht; meine Versuche, Dunya zu erziehen, habe ich schon vor Jahren aufgegeben.

Wir liefen also weiter, der Spaziergang musste ja eigentlich noch beginnen. Denn dieses Intermezzo hatte sich auf den ersten paar hundert Metern abgespielt.

Zwischen den mit Heide bewachsenen Hügeln durfte dann auch Seronda endlich frei laufen. Nur Bonita musste an der Leine bleiben, denn die dichte Bepflanzung war sehr unübersichtlich, und ich wollte das Risiko ausschließen, einem fremden Hund zu begegnen mit einer frei laufenden und nach ihm schnappenden Bonita. Außerdem musste ich sie gegen sich selbst schützen; denn allzu häufige Reaktionen auf Dunyas Beutekläffen hätten ihren schwachen Gelenken geschadet.

Dunya sah ich ab und zu vorbei flitzen, aber als wir Richtung Auto liefen, war sie nicht bei uns. Eine Stunde konnte ich mich lesend beschäftigen, und auch die Hunde waren müde. Aber als ich Dunyas Beutekläffen ganz in unserer Nähe hörte, bin ich doch mal wieder los gezogen, diesmal nur mit Flits und Daisy.

Flits als guter Spürhund führte uns schon bald zu einem Maisfeld, wo tatsächlich das Bellen her kam. Neben dem Feld war ein unbebauter Acker, auf dem ich eine Weile der Richtung, aus der das Bellen kam, folgen konnte.

Auf meine Bitte hin suchte Flits nun Dunya, das heißt, dass auch er in dem Maisfeld verschwand. Das Bellen kam einmal aus dieser Richtung – ich folgte ihm so gut es ging, am Feldrand entlang – dann wieder aus jener Richtung – ich lief also wieder zurück.

Aber außer dass Dunya sich wahrscheinlich köstlich amüsierte, kamen wir keinen Schritt weiter. Ab und zu sah ich Dunya sogar laufen, aber ein Podenco bewegt sich nun mal etwas leichter zwischen den dichten Reihen mit Mais als sein Mensch… zumindest als ich!

So hätten wir noch Stunden weitermachen können. Aber da diese Aktion nicht sehr viel versprechend schien, liefen wir wieder zurück zum Auto. Irgendwann würde Dunya sicherlich müde werden.

Das wurde sie auch, leider erst nach zweieinhalb Stunden. Sie kam angelatscht, so gar nicht Dunya-artig. Normalerweise kommt sie zum Auto gerannt, wenn sie findet, dass sie genug Bewegung gehabt hat. Aber anscheinend war es diesmal etwas zu viel des Guten gewesen. Steifbeinig lief sie ganz langsam Richtung Auto und konnte nicht mal ohne meine Hilfe hinein springen. Mein Mädchen war müde.

Dunya endlich ausgerast? … keine Chance!

Seit einigen Jahren ist Dunyas Zerstörungswut ja zum Glück vorbei. Nur ab und zu macht sie mal was kaputt, damit ich immer schön aufpasse und um zu beweisen, dass sie es noch kann. Das Problem ist also mehr oder weniger gelöst. Bleibt der Freilauf.

Im September 2006 haben wir zwei Wochen in Frankreich Urlaub gemacht. Dort konnte Dunya problemlos frei laufen ohne abzuhauen.
Als wir wieder zu Hause waren, wollte ich ausprobieren, ob es nun auch hier klappte. Nicht im Wald, aber immerhin entlang einem Kanal oder Bach. Obwohl dort kein Wild ist, hat Dunya natürlich alle Gelegenheit, in die Felder auf der anderen Wegseite zu stürmen, wo das Abenteuer lockt.

Erstaunlicherweise ging es einige Wochen gut. Einmal musste ich eine halbe Stunde warten – was für Dunyas Verhältnisse sehr kurz ist! – und ließ sie daraufhin wieder einige Tage an der Leine. Erneut versuchen, und jetzt – Anfang November – geht es immer noch gut. Manchmal muss ich sie irgendwo abholen, wenn sie sich mal wieder festgeschnüffelt oder –gegraben hat, aber was soll's.
Wenn wir umkehren, dann rufe ich sie, und meist kommt sie dann ganz brav an und geht mit uns zurück zum Auto. Dort bekommt sie dann ihr Stück Wurst oder Käse, weil sie ja schließlich ein gaaanz braver Hund ist, und lässt sich anleinen.
Das macht die Spaziergänge für uns beide so viel angenehmer! Ich hoffe von Herzen, dass Dunya sich nicht plötzlich daran erinnert, dass sie Podenco ist und darum Stunden weg bleiben muss…

Heute Mittag hatte ich optimistisch das oben Stehende zu Papier gebracht, aber wahrscheinlich habe ich damit das Schicksal zu sehr herausgefordert. Denn jetzt warte ich schon wieder seit einer Stunde auf meine Katastrophe-auf-Pfoten – ja, das ist sie und das bleibt sie wahrscheinlich auch! Entlang dem bewussten Kanal, wo es „immer gut geht".

Im Auto ist es kalt, 6 Grad, aber immer noch angenehmer als draußen. Das habe ich gemerkt, als ich die Hunde nach einer Weile wieder zu einer kurzen Runde mitgenommen hatte und wir dem schneidenden Wind ausgeliefert waren.
Bonita hat zum Glück ihre Winterjacke an. Aber meine Winterkleidung liegt noch auf dem Speicher, weil der Wechsel von warmem Sommer- zu unfreundlichem Herbstwetter sich in diesem Jahr so plötzlich vollzogen hatte.
Also suche ich das Auto ab nach allem, was mich wärmen könnte. Die Decke, die ich für diese Situationen normalerweise im Auto liegen habe, hatte ich vor dem Urlaub aus Platzmangel raus genommen – wer denkt bei 25 Grad schon an Decken! – und leider noch nicht wieder zurückgelegt.
Zum Glück finde ich noch ein paar Autohandschuhe. Na ja, besser als gar nichts.

Ich fahre noch mal den ganzen Weg ab, den wir gelaufen haben. Regelmäßig anhalten, pfeifen und rufen. Keine Dunya. Auch nicht in den Feldern, die ich vom Weg aus recht gut übersehen kann. Weil sie immer wieder zum Auto zurückkehrt, fahre ich also zurück und warte wieder.
Inzwischen ist es 17 Uhr, und die Dämmerung setzt ein. Zu Hause in meinem gemütlichen Sessel mit einer Kanne Tee kann ich diese Tageszeit durchaus genießen. Im klammen Auto erheblich weniger…
Wenn es dann auch noch anfängt zu regnen, bin ich davon überzeugt, dass Dunya jetzt jeden Moment kommen muss. Der Sandweg ist kaum noch zu erkennen, nur die Bäume und Büsche zeichnen sich schwarz gegen den Himmel ab.
Ab und zu schnattert eine Ente im Kanal, und ich sehe die Lichter eines Autos auf der anderen Kanalseite. Ansonsten ist es dunkel und still.

Ich steige regelmäßig aus, nicht nur um meine Füße zu bewegen und zu wärmen, sondern auch um Dunya zu rufen. Denn vielleicht kann sie jetzt im Dunkeln das Auto nicht mehr finden?

Schließlich rufe ich Tom an. Vielleicht hat sich Dunya ja in der Zeit als ich sie suchte, auf den Weg nach Hause gemacht? Die Batterie meines Handys ist fast leer, aber zum Glück hat sie noch genug Kraft für einen Anruf!
Tom, mein Fels in der Brandung, kommt und übernimmt das Warten. Ich fahre nach Hause und versuche unterwegs, nach Dunya Ausschau zu halten.
Zu Hause bekommen die Hunde eine leckere warme Mahlzeit, die haben sie sich nach drei Stunden ehrlich verdient, und ich ziehe die eine Kleidungsschicht über die andere an in der Hoffnung, es irgendwann mal wieder warm zu bekommen.

Toms Warten wird belohnt. Nach einer Stunde hört er ein Geräusch neben dem Auto, und da steht Dunya. Was heißt: steht? Sie windet sich vor Freude und hat große Eile, ins Auto zu kommen. Sie ist etwas nass, aber nicht schmutzig.
Bleibt die Frage, wo sie doch nur die ganze Zeit gewesen ist…

Hund und Katze

Als mein Greyhound Bonita vor fünf Jahren zu mir kam, war sie eine Katzenjägerin. Ich hatte damals noch fünf Katzen, und es hat mich Monate gekostet, Bonita an sie zu gewöhnen. Ihr Verhalten war durchaus verständlich, denn sie kam ja von der Rennbahn. Aber im täglichen Umgang war es doch recht zermürbend.
Irgendwann ging es dann gut, zumindest schien es so. Bonita reagierte kaum auf die Katzen, sie schliefen sogar zusammen.
Nach einem Jahr hat sie aber, als ich nicht zu Hause war, eine der Katzen getötet. Da diese Katze sowohl mit den Hunden als auch mit den anderen Katzen nicht gut auskam, dachte ich, dass ihr Verhalten die Ursache für diese Tragödie gewesen ist.

In den folgenden Jahren kehrte die Ruhe in meinem Rudel wieder ein, und auch die Katzen wurden in Ruhe gelassen. Ich habe jetzt nur noch zwei: Krieltje, einen 9-jährigen Kater, und Gypsi, eine 14-jährige Persische Katze.
Nur wenn Krieltje durch den Garten rannte, musste ich aufpassen. Denn das stachelte nicht nur Bonitas Jagdinstinkt an, sondern auch den von Podenco Dunya.

Nun waren wir zwei Wochen in Urlaub, zusammen mit den Hunden. Die Katzen waren zu Hause geblieben.
Seit wir zurück sind, reagiert Bonita wieder anders auf Krieltje. Einmal hat sie ihn durch den Garten gejagt; ein anderes Mal saß Krieltje unter meinem Schreibtisch, und plötzlich standen Bonita und Dunya drum herum und fixierten ihn.
Gypsi wird in Ruhe gelassen und mit Respekt behandelt. Vielleicht weil sie nicht rennt, aber vielleicht liegt es auch an ihrer Ausstrahlung.

Der unangenehmste Vorfall ereignete sich vor einigen Wochen. Bonita, Dunya, Daisy, und Krieltje verbringen schon seit Jahren die Nacht in meinem Schlafzimmer. Das ist immer gut gegangen. Aber plötzlich wurde ich wach von Knurren und Fauchen, und

Dunya und Bonita standen über Krieltje gebogen; Bonita hatte Krieltje am Rücken gepackt. Ich schoss aus dem Bett und bin dazwischen gegangen, dadurch habe ich Schlimmeres verhüten können. Krieltje flüchtete unters Bett, immer noch knurrend. Er war körperlich in Ordnung – nur sein Rücken war nass von Bonitas Speichel -, aber geistig nicht. Er hatte einen ziemlichen Schock.

Ich war also wieder so weit wie am Anfang: Krieltje traute sich tagelang nicht ins Wohnzimmer und „wohnte" nur oben und draußen. Die Hunde ließ ich nachts unten schlafen, was erstaunlicherweise prima ging. Sogar Bonita heulte nicht. Und beide Katzen schliefen auf meinem Zimmer.

Sobald ich das Zimmer verließ, bekam Bonita wieder den Maulkorb um, genau wie während der ersten Monate, die sie bei mir wohnte.

Inzwischen sind wir ein paar Wochen weiter, und die Situation hat sich einigermaßen stabilisiert. Bonita läuft regelmäßig an Krieltje vorbei, ohne ihn zu beachten. Krieltje kommt wieder ins Zimmer und liegt abends wieder auf meinem Schoß. Dennoch schaut er sich vor Betreten des Zimmers immer erst genau um, wo die Hunde sind. Er hat den Zusammenstoß nicht vergessen.

Und ich weiß inzwischen nur allzu gut, dass dieser Scheinfrieden sich jeden Moment ändern kann. Also schlafen die Hunde auch weiterhin unten und die Katzen oben. Und ich trenne die Katzen und Windhunde nicht nur, wenn ich weg gehe, sondern auch, wenn ich eine Weile oben oder im Garten beschäftigt bin.

Auch liegen an strategischen Stellen Fisher-discs. mit denen ich Krach schlagen kann, wenn es wieder schief geht.

Ich weiß, dass es Galgos und Podencos gibt, die vom ersten Tag an problemlos mit Katzen zusammenleben. Vielleicht ist der Jagdinstinkt bei Greyhounds auf diesem Gebiet doch stärker ausgeprägt.

Dunyas Rubrik: Der Rotschopf passt auf

Ihr werdet's vielleicht nicht glauben, aber manchmal wird Gehorsamkeit bestraft.

Gestern kam der Rotschopf wieder, und mein Mensch erzählte ihr, dass ich schon länger als einen Monat fast täglich frei laufe und nur zweimal abgehauen bin. Der Rotschopf meinte, sie müsse sich das mal gründlich überlegen, ob sie mich auch frei laufen lassen wollte; sie sollte nämlich am Wochenende den Dogsitter spielen.

Also hatte ich mir fest vorgenommen, mich beim Mittagspaziergang vorbildlich zu benehmen, um meine Chancen für das kommende Wochenende zu vergrößern. Tja, das ist leider schief gegangen, und zwar voll schief.

Das erste Stück ging ja ganz gut, ich habe mich mit Mäuschen und anderem kleinen Getier amüsiert. Aber als ich sah, dass sich im Feld in der Ferne was Größeres bewegte, hat leider mein Jagdinstinkt über die guten Vorsätze gesiegt.

Ich weg. Flits, Seronda und sogar Bonita kamen, als sie mein Beutekläffen hörten, hinter mir her, aber Stück für Stück liefen sie wieder zurück.

Ich nicht, ich lief immer weiter in den Wald rein. Weil es anfing, dunkel zu werden, nahm die Bewegung im Wald zu – Mann, da gab's soviel zu erleben – und dadurch nahm halt auch meine eigene Bewegung zu, ich kann's nicht leugnen.

Blind und taub für alles außer vermeintlicher Beute rannte ich in Zickzacklinien durch Wald und Feld, so lange und so weit dass ich, als ich endlich zu meinen Leuten zurück wollte, merkte. dass ich mich wohl etwas verlaufen hatte.

Herrchen war ziemlich sauer, als ich endlich zurück kam, und die Frauenspersonen waren sowieso schon lange nach Hause gegangen. Ich glaube, das war nicht so ein gutes Vorzeichen für den Freilauf am Wochenende.

Aber stellt euch vor: heute Morgen ruft der Rotschopf doch tatsächlich: „Frei!". Erst dachte ich: "Mich kann sie nicht meinen" und blieb brav im Auto sitzen. Aber als sie es noch mal sagte und mir einen ermunternden Stups gab, war ich natürlich nicht mehr zu halten und kam in die Socken, und zwar gründlich.

Ich will ja nicht angeben, aber ich muss sagen: ich habe mich wirklich super benommen. Ich bin *drei Mal* gekommen, als ich gerufen wurde, was mir jedes Mal ein leckeres Stück Käse eingebracht hat. Ein paar Mal starrte ich auf etwas ganz weit weg im Feld, und der Rotschopf fand, dass ich auf dem Weg bleiben sollte, und ich bin tatsächlich geblieben.

Ein anderes Mal – wirklich eine absolute Meisterleistung! – bin ich aus dem Feld zurück gerannt gekommen, als sie mich rief.

Nun hatte ich erwartet, dass ich nach diesem Meisterstück des Gehorsams als Belohnung mit durfte zum Kaffee trinken. Aber nein, die blöde Dogge durfte mit!

Schlussfolgerung? Gehorsamkeit wird bestraft.
Na, warte nur bis heute Mittag, Rotschopf!!

Marian, im Namen von Dunya

Gut gemeint

Vor einiger Zeit war Dunya beim Freilauf von gut meinenden Menschen aufgegriffen worden und dadurch zeitweise im Tierheim gelandet. Nun ist wieder etwas passiert, wodurch meine Planung durch eine gut gemeinte Aktion anderer Leute ziemlich durcheinander geraten ist.

Im Dezember 2006 nahmen wir am Treffen eines Tierschutz-vereines teil, das an einem sehr schönen Hundestrand stattfand. Da Dunya dort meist – wie sonst auch! – einige Stunden mit dem Freilauf verbringt, haben wir sie gleich zu Anfang los gelassen, sodass wir rund 16.00 Uhr nach Hause fahren könnten. Wir gingen davon aus, dass sie bis dahin ausgerast sein würde.
Als wir zum Strandpavillon zurück kamen, fragte mich eine Frau, ob ich vielleicht wüsste, von wem dieser Podenco sei…
Tja, wer war das wohl…?! Sie hatte Dunya beim Pavillon „gefunden“, sie lief dort suchend herum.
Hätte sie sie laufen lassen, dann wäre Dunya wahrscheinlich zu uns zum Strand gekommen, zumal dort ja auch die anderen Hunde herum flitzten.
Die Dame hatte es aber gut gemeint, Dunya angeleint und dann eine geschlagene Stunde auf uns gewartet. So war das ja nicht geplant. Dunya freute sich zwar sehr uns zu sehen, aber gelaufen hatte sie ja nun noch nicht.

Das tat uns dann doch Leid, also haben wir sie noch mal los gelassen, und da ist sie dann 2 Stunden gerannt. Danach kam sie wieder brav zum Strandpavillon zurück. So konnten wir also doch noch nach Hause, leider viel später als geplant.

"Er tut nichts…"

Bekanntlich vermeide ich ja soviel wie möglich Begegnungen mit anderen Hunden während der Spaziergänge. Aber manchmal habe ich keine Wahl, wenn unerwartet Leute mit Hund(en) meinen Weg kreuzen.

Da ich mein Fünferrudel und dessen Reaktionen ganz gut einschätzen kann, muss ich in so einem Fall etwas unternehmen. Am besten hat sich dabei bewährt, vom Weg ab zu gehen und alle Hunde absitzen zu lassen (außer Bonita, die nicht sitzen kann), die Leute vorbei gehen zu lassen und zu versuchen, die Aufmerksamkeit der Hunde auf mich zu lenken. Ja, mit Leckerchen, ich geb's zu. Die bekommen sie, wenn der andere Hund vorbei gegangen ist und sie brav waren. Belohnung für gewünschtes Verhalten und gleichzeitig – ich geb' die Hoffnung nicht auf – wird so der fremde Hund vielleicht doch noch Vorbote von etwas Positivem.

Vorab versuche ich, den fremden Hund zu "lesen" und einzuschätzen, wer angeleint werden muss und wen ich verbal bei mir halten kann.

Ist der fremde Hund angeleint, geht das meist gut, manchmal sogar, wenn dieser meine Hunde verbellt, wobei Seronda ab und zu meint, „mitreden" zu müssen, was ich dann sofort in meiner Schulter zu spüren bekomme.

Schwierig wird es, wenn der fremde Hund – oder gar mehrere – frei laufen. Wenn sie auf dem Pfad bleiben und meine Hunde ignorieren, ist es in Ordnung, aber es gibt immer mal wieder Typen, die Bekanntschaft schließen wollen und sich dabei wie der sprichwörtliche Elefant im Porzellanladen benehmen.

Sehr häufig kommt dann die beruhigend gemeinte, aber meiner Meinung nach doch etwas zweifelhafte Bemerkung des Herrchens (oder Frauchens): „Er tut nichts…".

Natürlich „tut" der Hund wohl etwas, er kommt nämlich mitten in mein Rudel gerast, was nach der Hundeetikette „not done" ist.

Und meine Bande scheut sich dann auch nicht, dem Eindringling diese Tatsache unmissverständlich klar zu machen.
Auch wenn sie offiziell Recht haben, ist diese Situation doch unangenehm.

Es ist eine Art ungeschriebenes Gesetz unter "Hundemenschen", dass man den eigenen Hund anleint, wenn man einem angeleinten Hund begegnet oder aber den Hund frei bei Fuß gehen lässt (Seufz, ja, solche Menschen gibt es, denen das gelingt!). Der andere Hund ist schließlich oftmals aus gutem Grund angeleint. Aber viele Menschen halten sich nicht an diese Regel, unter dem Motto „Mein Hund tut nichts", siehe oben.
Ich halte mich *wohl* an diese Regel, wenn es mir gelingt…

Manchmal schaffe ich es einfach nicht, meine Bande zeitig zu mir zu rufen, und dann passiert es, dass auch meine Hunde ungefragt auf einen fremden angeleinten Hund zu rasen.
Ich entschuldige mich in dem Falle immer – mehr kann ich auch nicht tun – und nehme in Kauf, dass sie einen Knuff von dem fremden Hund bekommen, und das völlig zu Recht.
Aber ich rufe wenigstens nicht: „Sie tun nichts!"…

Flits der Wachhund

Sieht aus, als wenn ich schlafe, nicht? Sieht aber nur so aus. In Wirklichkeit bewache ich gewissenhaft Haus und Garten.

Nichts, aber auch gar nichts entgeht mir!

Hör' ich da was...???

Nee, alles im grünen Bereich. Ich hab' wohl geträumt…

Podenco auf Achse – ja, schon wieder!

Ich hatte mich gerade von einer unangenehmen Erkältung erholt und fuhr mit den Hunden zum „Kanal", sodass Dunya wieder mal frei laufen konnte.

Die Seite des Weges, auf der ich normalerweise fahre, war durch den vielen Regen sehr matschig, und da ich schon mal mit meinem Kleinbus in dem Matsch stecken geblieben war, fuhr ich heute von der anderen Seite her auf diesen Weg. Hunde ausladen.

Herrlich, alles rennt, und Seronda und Flits spielen ihr alternatives Spiel: knurrend und bellend umeinander herum rennen und springen.

Dunya blieb eine ganze Weile in Sichtweite und setzte sich schließlich ins angrenzende Feld ab. Weil sie auf mein Rufen nicht reagierte, lief ich zum Auto und fuhr zurück zu dem Feld, um sie dort aufzulesen. Das hatte ich schon oft gemacht. Meist schnüffelt oder gräbt sie sich dort fest und bleibt mehr oder weniger an derselben Stelle.

Heute leider nicht. Als ich ankam, war sie nicht mehr da.

Also Plan B. Abwechselnd eine halbe Stunde laufen, eine halbe Stunde im Auto warten, wieder laufen. Das wiederholte sich öfter, als mir lieb war.

Nach vier Stunden waren die Hunde und ich müde, und wir hatten Hunger. Auch hatte ich Angst, dass Dunya vielleicht zu unserem „normalen" Parkplatz gelaufen war, dort das Auto nicht gesehen hatte und darum auf dem Weg war nach Hause. Dann konnte ich hier warten bis ich schwarz würde, während Dunya zu Hause vor der verschlossenen Türe säße. Ich habe schon sehr viele Adressenanhänger für sie gekauft, aber sie verliert sie garantiert innerhalb von zwei Tagen…

Also nach Hause. Keine Dunya unterwegs oder vor der Haustür. Die Hunde versorgt, selbst was gegessen und wieder los. Mein Gefühl sagte mir, dass ich an der „matschigen" Seite des Weges anfangen müsse mit Suchen. Völlig unlogisch, denn ich hatte heute Morgen ja auf der anderen Seite geparkt, und Dunya kam immer zum Auto zurück. Dennoch folgte ich meinem Gefühl, und mehr oder weniger schlitternd kamen wir durch den Matsch, ohne stecken zu bleiben.

Meinem Gefühl kann ich auch nicht mehr vertrauen, dachte ich sauer, als ich mit den Hunden durch den Matsch latschte und keine Dunya zu sehen war… bis ich auf einmal ein „Halloooo, gehört Ihnen vielleicht dieser Hund?" von der anderen Seite des Kanals hörte.
Die Frau die mich rief, kannte ich nicht. Wohl aber den Hund, den sie an der Leine hatte… eine begeisterte Dunya, die beim Hören meiner Stimme hoch sprang und wedelte.
Es war wahrscheinlich recht lustig, wie wir quer über den Kanal hin Konversation machten. Wo hatte sie Dunya gefunden? Was war passiert? Woher wusste sie, dass Dunya zu mir gehört?

Als wir einander gegenüber standen, ohne den störenden Kanal zwischen uns, reagierte Dunya plötzlich ganz bescheiden. Sie hatte beinahe *Häng*eohren und zeigte allerlei Beschwichtigungs-gesten.
Es stellte sich heraus, dass Dunya schließlich doch zu der Stelle zurück gelaufen war, wo wir sonst parken (und wo ich heute Morgen *zig* Mal vorbei gelaufen und gefahren bin!), aber anscheinend erst, als ich schon unterwegs war, um sie zu suchen. Als sie das Auto nicht sah, hat sie sich hingesetzt und geheult. Und das hat die Frau von der gegenüber liegenden Kanalseite auf den Plan gerufen, die zu Dunya rüber gefahren ist und sie mitgenommen hat.
Weil sie mich öfter mit den Hunden zusammen sieht, erkannte sie Dunya und sprach – oder besser gesagt: rief – mich an, als sie uns laufen sah.

Anscheinend kann ich doch davon ausgehen, dass Dunya nicht selbständig nach Hause zurück läuft. Allerdings sollte ich das

Auto nicht an einer anderen Stelle parken, denn das führt zu Missverständnissen.

Endlich zu Hause, abgetrocknet, lecker gegessen, kann Dunya stundenlang keine Ruhe finden, obwohl ich doch erwartet hatte, dass sie nach 5 Stunden „auf Achse" todmüde sein müsste. Aber nein, von einem Hundebett ins andere, auf die Couch, in die Bench. Schließlich legt sie sich unter den Tisch, auf den kahlen Holzboden.

Seltsamer Hund.

Aber das ist ja bekannt.

Bin ich der einzige Podenco?

Dunyas Aufruf für Beiträge in der Podencozeitung:

Also manchmal habe ich den Eindruck, dass ich der einzige Podenco bin in den Niederlanden und in Deutschland. Was ist los, Leute? Gibt es denn wirklich gar nichts, was ihr von eurem Podenco erzählen könnt und was interessant für die Leser der Podencozeitung ist? Oder habt ihr alle solche Superhunde, die nie was ausfressen, immer brav gehorchen und... kurz und gut: stinklangweilig sind? Kann ich mir gar nicht vorstellen.
Ich habe mich ja breitschlagen lassen, eine Rubrik in der Podencozeitung zu schreiben. Ja, genau, PODENCOzeitung. Aber wenn ich weiterhin so von den Galgos überrannt werde, dann muss ich mir noch mal schwer überlegen, ob ich damit weitermache.

Aber vielleicht macht das euch, den Lesern, auch gar nicht so viel aus? Schließlich sind wir ja alle spanische Hunde aus dem Tierschutz und mehr (die Galgos) oder weniger (WIR Podencos) Windhunde. Und ob nun ein Galgo oder ein Podenco seine Menschen auf Trab hält, kümmert ja vielleicht keinen. Dann soll's mir auch Recht sein.

Dunyas Mensch, im Namen von Dunya

N.B. von Dunyas Mensch: Dieser Aufruf von Dunya hat dazu geführt, dass viele Podencogeschichten für die Podencozeitung eingegangen sind!

Erstens kommt es anders und zweitens als man denkt…

An Tagen, an denen es mir nicht soviel ausmacht und ich keine Verpflichtungen habe, lasse ich Dunya manchmal frei laufen, sodass sie ihr Podencowesen ausleben kann. An anderen Tagen behalte ich lieber die Planung selbst in der Hand, und dann bleibt Dunya an der Leine, sodass ich nicht – wenn ich Pech habe – stundenlang auf sie warten muss und auch noch zu was anderem komme als zum Gassigehen.

Leider ist das absolut keine Garantie dafür, dass der Spaziergang problemlos verläuft.

So auch letzte Woche. Seronda verschwand innerhalb der ersten Viertelstunde im Wald. Ja, ich kann sie rufen, und das tue ich auch brav, aber wenn die Dame beschließt, meinem Rufen keine Folge zu leisten, dann kann ich dem leider nichts entgegenstellen. Also ist das einzige, was ich tun kann – außer mich künstlich aufzuregen, was natürlich auch nichts bringt – zu warten bis sie, meist nach einigen Minuten, zurückkommt.

Leider war das jetzt nicht der Fall. Wir waren schon auf dem Rückweg und noch immer keine Seronda.

Dennoch war ich noch immer wohl gelaunt. Was konnte schließlich passieren? Dunya war ja an der Leine. Was passieren konnte war, dass Flits ein totes Tier im Wald fand und auf einmal die Kommandos „hier" und „aus" nicht mehr kannte. Also weiterlaufen. Ich hatte wenig Lust, zusammen mit Flits jeder an einer Seite eines halben Kaninchens zu ziehen…

Als ich – mit nur noch drei Hunden! – beim Auto zurück war, haben wir 20 Minuten warten müssen, bevor Flits in recht demütiger Haltung den Weg entlang gelatscht kam und den Rest seiner „Beute" neben dem Auto fallen ließ. Anscheinend hatte er den anderen Teil schon unterwegs verspeist, denn kurz nachdem er eingestiegen war, hörte ich ein würgendes Geräusch. Ich erspare Ihnen die unappetitlichen Einzelheiten, aber ich war eine ganze Weile beschäftigt, um das Auto wieder sauber zu

97

bekommen – ohne Gummihandschuhe und warmem Wasser nicht unbedingt ein Vergnügen…

Seronda gefiel es anscheinend recht gut im Wald, denn insgesamt dauerte es ungefähr eine Stunde, bis sie sich endlich wieder meldete und – müde, aber zufrieden – ins Auto stieg.
Mein Plan war insofern gelungen, dass ich in der Tat nicht auf Dunya zu warten brauchte. Aber ansonsten war er jämmerlich misslungen!

Auf Freiersfüßen?

Wir haben Flits nicht daran gewöhnt, im Garten seine Bedürfnisse zu erledigen, und das stellt sich jetzt als Nachteil heraus. Denn er weigert das kategorisch, auch wenn es mir manchmal ganz gut auskäme. Ich habe also keine andere Wahl, als beim letzten Gassigehen abends aus dem Garten heraus zu gehen.
Meist geht das problemlos, auch wenn es bei Regen nicht so angenehm ist. Wir gehen aus der Gartenpforte, und gleich daneben hebt Flits am Gebüsch sein Beinchen. Manchmal läuft er auch etwas weiter weg, kommt aber immer gleich zurück. Da er nie weg läuft, leine ich ihn abends nie an.

Nie weg *lief* muss ich eigentlich sagen, denn letzten Montag, als ich mich umdrehte, um wieder in den Garten zu gehen, haute Flits plötzlich ab. Er lief Richtung Gebüsch, also kein Problem, und ich erwartete ihn jeden Moment zurück. Es dauerte aber recht lange dieses Mal, und auf mein Rufen reagierte er nicht…
Ich lief selbst zu den Sträuchern, bei denen Flits verschwunden war, aber es war stockdunkel, und Flits ist schwarz, also konnte ich unmöglich sehen, ob er da war oder nicht. Nach einer Weile ging ich ins Haus und schaute alle paar Minuten nach, ob Flits wieder da war.
Es wurde 1 Uhr, halb 2, 2 Uhr. Kein Flits.

Während der ersten Stunde war ich sauer, danach nur noch besorgt. So geht das. Außerdem war ich todmüde und wollte nur eins: ins Bett. Ab und zu legte ich mich kurz auf die Couch und hatte dabei immer Angst, dass ich einschlafen und Flits dann stundenlang vor der Tür warten würde. Aber diese Angst verhinderte natürlich mein Einschlafen, dazu war ich viel zu besorgt.
Zwischendurch lief ich ein paar Mal durch die Nachbarschaft, aber das brachte nichts. Es war totenstill, kein Auto, Mensch oder Fahrrad auf der Straße. Die Straßen selbst sind gut beleuchtet, sodass ich jedenfalls sicher sein konnte, dass Flits nicht

angefahren irgendwo im Straßengraben lag. Aber das Gebüsch konnte ich zu dieser düsteren Stunde unmöglich durchsuchen.

Die Tiere zu Hause waren auch aus ihrem Rhythmus. Ich hatte schon die ganze Routine abendlicher Aktivitäten hinter mich gebracht, die (anderen) Hunde in den Garten gelassen, Brot verteilt, die Katzen nach oben geschickt, und nun erwartete man, dass das Licht aus ging und ich ebenfalls nach oben ging. Aber das Licht blieb an.

Dunya warf mir von unter ihrer Decke ab und zu vorwurfsvolle Blicke zu, wie nur sie das fertig bringt. Keiner konnte sich einen Reim drauf machen. Ich auch nicht.

Morgens um 4 Uhr kam ich zu der Schlussfolgerung, dass Flits nicht mehr von sich aus nach Hause kommen würde heute Nacht. Irgendwas musste passiert sein, denn das war so gar nichts für unseren Flits. Ich konnte besser ins Bett gehen, noch ein paar Stunden schlafen und dann, wenn's hell sein würde, noch mal suchen und dann alle Schritte einleiten, die nötig sind, überall Fotos aufhängen usw.

Auf dem Weg nach oben schaute ich noch ein letztes Mal bei der Haustür nach.

Und da stand er. Wedelnd und wohlbehalten. Wieder eine Situation, in der ich es schade finde, dass Hunde nicht reden können, dass Flits mir nicht erzählen kann, was passiert ist.

Die einzig mögliche Erklärung ist, dass irgendwo eine läufige Hündin in der Nähe ist, die ihn – obwohl er kastriert ist – alles Zeitgefühl und alle Erziehung hat vergessen lassen. Seine fröhliche Ausstrahlung und sein breites Grinsen, als er nach Hause kam, deuten meines Erachtens auch darauf hin.

Am nächsten Abend lief er schon wieder begeistert wedelnd durch den Garten in Erwartung des "letzten Gassi"; anscheinend hatte er vor, sein Abendteuer vom Vorabend zu wiederholen. Ich aber nicht, darum leinte ich ihn an, was er ein wenig beleidigt akzeptierte.

Blöde Dogge

Der Morgenspaziergang fing gut an. Alle Hunde blieben in meiner Nähe, außer Seronda, die morgens immer erst ein Stück rennen muss. Aber als ich sie rief, kam sie an galoppiert und nahm ihre Belohnung in Empfang, um danach wieder „frei" zu bekommen. Und Dunya hatte keine Wahl, denn sie war an der Ausrollleine.

Kurz und gut: gemütlich, schön, das „So-geht's-auch"-Gefühl.

Bis zum Rückweg. Seronda schaute sich nach mir um und lief danach vom Weg ab, ins Feld. Mein „Seronda, NEEEIIINNNN!" und „Zurüüüück!" schallten übers Feld. Seronda war nicht beeindruckt.

Als wir an der Stelle vorbei kamen, sah ich sie im Feld stehen. Wegen der hohen Vegetation sah ich keine Möglichkeit, sie dort abzuholen. Also weiter laufen bis zum Auto und sie dann auf dem Rückweg abholen. Wenn sie das Auto hört, wird sie schon wieder auf den Weg kommen (Wusste ich es denn wirklich immer noch nicht besser?!)

Natürlich kam sie nicht. Nicht als sie das Auto hörte und auch nicht innerhalb der nächsten halben Stunde. Ab und zu sah ich sie im Feld rum schnüffeln.

Für den Fall, dass ich auf Dunya während ihres Freilaufes warten muss, liegt immer ein Exemplar einer Zeitschrift über Hundeverhalten und -erziehung im Auto. Unter dem Genuss von „Falsches Verhalten gibt es nicht", eines Artikels über Peter Beekmans blackbox-Methode, nahm das Warten seinen Lauf.

In dem Artikel wird erklärt, dass es kein falsches Verhalten gibt, sondern nur unerwünschtes Verhalten. Na toll! Serondas *unerwünschtes* Verhalten ärgerte mich seltsamerweise nicht weniger deswegen. Wenn ich eine „black box" gehabt hätte, hätte ich Seronda mit Vergnügen rein geknallt…

Das Warten dauerte mir nun doch zu lang. Ich gab Flits den Auftrag, Seronda zu suchen, aber der schaute mich nur nicht-verstehend an.

Plötzlich sah ich sie ganz hinten im Feld. Also entschied ich mich, sie doch abzuholen. Mit meiner dreiviertel-langen Hose stapfte ich durch kniehohe Disteln und Brennnesseln. Ein hoffnungsloses Unterfangen, das ich nach hundert Metern aufgeben musste. Zum Glück fand ich im Auto noch eine Regenhose, und damit gewappnet startete ich einen neuen Versuch.

Als ich dann zu der Stelle kam, wo ich Seronda gesehen hatte, war sie nicht mehr da. Inzwischen reichte mir das Gebüsch bis zu den Hüften, und der Untergrund war nicht nur sehr uneben, sondern auch noch matschig. Und dann darf ich noch die diversen Fliege- und Stechviecher erwähnen, die hier anscheinend ausgezeichnet gedeihen und einen Schluck Menschenblut als willkommene Abwechslung ihres Speiseplans betrachten.

Flits, den ich zum "Suchen" mitgenommen hatte, hatte ebenso viel Mühe wie ich mit dem holprigen Gelände. Kleine Daisy hatte es schon nach ein paar Metern aufgegeben und blieb am Feldrand.

Kreuz und quer stampfte ich über das unwirtliche Land, ohne Seronda zu sehen. Da tauchte sie zwischen den Sträuchern auf. Ich rief sie erneut, pfiff. Sie sah mir gerade ins Gesicht, war vielleicht 20 Meter von mir entfernt, aber lief in die entgegen gesetzte Richtung. Als ich die Stelle erreicht hatte, war sie natürlich schon wieder weg. In so einem Moment mutiert „mein Mädchen" in „die blöde Dogge". Ja, auch ich habe menschliche Züge.

Nach anderthalb Stunden Suchen und Warten – die letzte halbe Stunde hatte ich Seronda nicht mal mehr gesehen! – beschloss ich, weg zu fahren und in einer Stunde oder so wieder zu kommen und dann erneut zu suchen.

Als ich zusammen mit Flits wieder beim Auto war, sah ich Seronda plötzlich wieder. Na gut, ich gebe ihr noch eine Zigarettenlänge. Sie war jetzt am Feldrand und ca. 50 Meter vom Auto entfernt. Die Regenhose hatte ich schon wieder ausgezogen, aber dachte: jetzt oder nie! Also lief ich in ihre Richtung –

diesmal blieb sie die ganze Zeit in Sichtweite – und zögernd wedelnd kam sie mir tatsächlich entgegen.

Zur Sicherheit führte ich sie am Halsband zum Auto zurück. Stell dir vor, dass sie gerade jetzt noch mal abhauen würde…

Wir hatten genug Bewegung gehabt. Flits und Daisy waren die ganze Zeit bei mir oder am Feldrand gewesen; Seronda hatte sowieso genug gelaufen (ich wünsche jedem Herzpatienten ihre Kondition!); Bonita hatte ich wegen ihrer schlechten Gelenke im Auto gelassen. Außerdem sind Bonita und Disteln keine gute Kombination. Sie braucht sie nur *anzuschauen,* um sich zu verletzen.

Dunya bekam als Trost eine Schnüffelrunde im Freilichtmuseum, und ich Kaffee.

Vielleicht verschaffe ich ihr zu wenig Bewegung und haut sie darum ab? Man sollte doch meinen, dass was ich ihr hier biete, bei weitem besser ist als das Leben in der spanischen Pflegefamilie, wo sie nur im Garten lag und gar nicht ausgeführt wurde. Und ich halte es für sehr unwahrscheinlich, dass ihr früheres Herrchen sie auf schöne Spaziergänge mitgenommen hat. Diese Hunde werden in Spanien als Wachhunde gehalten, kommen nicht vom Hof und liegen meistens sogar an der Kette.

Wie war das doch gleich mit den Hunden aus dem Tierschutz, die überlaufen vor Dankbarkeit? Es gibt sie, das weiß ich mit Sicherheit. Ich habe viele Geschichten von den begeisterten Adoptiveltern darüber gelesen. Aber ich habe natürlich wieder mit schlafwandlerischer Sicherheit ein Exemplar aus der anderen Kategorie ausgesucht: O.K., gerettet bin ich, und ich lebe wie Gott in Frankreich. Jetzt wollen wir doch mal sehen, ob da nicht *noch* mehr raus zu schlagen ist…

Dunyas Rubrik: Das Schaffell

Bonita kommt von der Rennbahn und hat Gelenkprobleme, also muss sie weich liegen. Darum hat mein Mensch ein Schaffell für sie gekauft. Natürlich ist dieser guten Tat einiges vorausgegangen:
Sparsam wie sie ist, wollte sie es lieber in der Nähe kaufen, denn das spart die Portokosten, nicht wahr? Ja, vielleicht... außer wenn man absolut keinen Orientierungssinn hat und kreuz und quer durch die halbe Provinz düst, um die betreffende Adresse zu finden. Sie hatte Herrchen mitgenommen, weil er einen besseren Orientierungssinn hat (nicht dass es dazu viel braucht!), aber das hat auch nicht wirklich geholfen.

Nun gut, schließlich und endlich war DAS FELL da und wurde mit viel Gedöns auf unser Bett gelegt. Dann passierte, was ich euch gleich hätte vorhersagen können: Bonita schnüffelte an dem komischen Ding, zog sozusagen die Nase davor hoch und legte sich auf die Couch.
Ich wollte mal nicht so sein, und mein Mensch tat mir auch ein bisschen Leid nach all der Mühe die sie sich gegeben hatte, also legte ich mich aufs Schaffell. Aber das passte ihr nicht, denn das Fell war ja für Bonita...
Also legte sie das Fell auf die Couch in der Hoffnung, dass Bonita sich dann drauflegen würde. Tat sie natürlich nicht. Ich musste also wiederum meinen Platz wechseln, um auf dem Fell liegen zu können.
Also wie sich die Sache weiter entwickelt, müssen wir abwarten. Vorläufig schleppt mein Mensch das Fell den ganzen Tag quer durch die Gegend, von einem Schlafplatz zum anderen in der Hoffnung, dass Bonita sich irgendwann mal drauflegt.
Und bis dahin... opfere ich mich auf. Tja, als Podenco hat man ein schweres Leben...

Aufgepasst mit „Hundekennern"!

Seronda zieht wegen ihrer Größe die Aufmerksamkeit auf sich, wenn wir irgendwo hin kommen. Zum Glück ist sie ein Schatz und findet es herrlich, wenn Leute sie streicheln, sie gibt sogar Küsschen – zumindest so lange wir den Leuten nicht auf dem Spaziergang begegnen, sondern zu Hause, in einem Café oder auf einer Terrasse. Viele Leute fragen auch erst, ob sie sie streicheln dürfen; und sicher wenn ich mich dann dazu stelle, gibt das nie Probleme.

Die meisten Bedenken habe ich dann auch nicht bei Leuten, die Seronda oder einen der anderen Hunde unter meiner Begleitung streicheln, sondern bei denjenigen, die sagen, dass sie keine Angst vor Hunden haben („Ich habe schon seit 20 Jahren Hunde…") und dann alles, aber auch wirklich alles tun, was die Hunde-etiquette verbietet.

Geradewegs auf den Hund zugehen, ihn anstarren, auf dem Kopf streicheln, die Schnauze anfassen und mit etwas Pech sogar um seinen Hals hängen.

Und unsere Hunde müssen sich das alles gefallen lassen, sonst sind sie gleich als „falsch" verschrien.

Eine kleine Anekdote, um das zu verdeutlichen: ein Mann mit seinem kleinen Sohn kommt fragen, ob der Sohn Seronda streicheln darf. Seronda schläft gerade, also stelle ich mich daneben und spreche sie an.

Der Vater erklärt dem Sohn, den Hund nicht auf dem Kopf oder an der Schnauze zu streicheln, sondern an der Seite. Ich dachte noch: endlich mal ein vernünftiger Erzieher. Sohn macht das dann auch brav.

Und als der Sohn fertig ist mit Streicheln, was macht Papa? Alles was er seinem Sohn verboten hat: er streichelt Seronda über den Kopf, über die Schnauze und fasst zum Schluss dem Hund auch noch ganz über die Schnauze. Ein bisschen „Hundemensch" weiß, dass ein Hund eine derartige Dominanzgeste von einem Fremden absolut nicht zu akzeptieren braucht.

Seronda wurde es auch zu viel, und sie fing an zu gähnen. Stress oder Beschwichtigungsgeste? Ich denke ersteres. Also bitte ich den Mann auf zu hören… und kann nur sagen: Hut ab vor Seronda!

Kurz darauf kommt ein Junge, der sich leise von hinten an die schlafende Seronda heran schleicht. Ich kann gerade noch rechtzeitig eingreifen, bevor er sie streicheln kann…

Wenn ich mir so das Verhalten mancher Leute anschaue, erstaunt es mich immer wieder, dass es nicht viel öfter zu Beißereien kommt. Das haben wir nur unseren Hunden zu verdanken, die gelernt haben, sich so unglaublich gut an das nicht hundgerechte Verhalten einiger Leute an zu passen.

Sommerliche Impressionen

40 Grad im Schatten. Zumindest auf meiner geschützten Terrasse, die an drei Seiten von Mauern eingeschlossen wird. Darum setze ich mich in meine Laube, unter das grüne Blätterdach, wo ab und zu ein Windhauch etwas Kühle bringt.

Außer meinen zwei Schatten Bonita und Daisy liegen alle Hunde im Haus. Seronda auf den Fliesen in der Küche, nicht praktisch, da meine Miniküche auch der Durchgang zwischen Haus und Garten ist, aber wahrscheinlich das kühlste Fleckchen.

Heute Morgen bin ich mit den Hunden zu einem Heidesee gefahren, die beste Wahl bei diesen Temperaturen… zumindest für die Hunde. Alle haben herrlich im Wasser geplanscht. Flits läuft durch den ganzen See, bis zum Bauch im Wasser. Außergewöhnlich für einen Hund, der schon 11 Jahre alt ist und bisher nur seine Pfötchen nass machte.

Bonita amüsiert sich mit ihren köstlichen Bocksprüngen im Wasser und auf der Heide; Seronda wuselt ein bisschen herum, und Daisy gräbt, wie üblich, bis sie von Kopf bis Pfoten mit schwarzem Torf bedeckt ist.

Dunya sucht das ganze Ufer nach Wasserratten ab – vermute ich mal. Der Vorteil dieser Hitze ist, dass Dunya es im und am Wasser angenehmer findet, als in den Wald zu rasen. So bleibt sie in Sichtweite, und ich komme in den Genuss, meine schöne, elegante und unglaublich gelenkige Podencodame zu bewundern.

Da ich selbst nicht im Wasser plansche, sondern in der vollen Sonne stehe, finde ich es nach Dreiviertelstunden – trotz Sonnenhut – genug. Als ich zurück zum Auto will, ist Seronda nicht da. Sie ist anscheinend zu einem selbständigen Waldspaziergang gestartet.

Dunya ist in Sichtweite, aber am gegenüberliegenden Ufer. Ich rufe sie und wedle mit meinen Armen, und Dunya kommt durchs Wasser in gerader Linie in meine Richtung.

Ich bin sehr stolz auf mein Podencomädchen… bis ich sehe, dass eine Ente etwa 20 Meter vor Dunya her schwimmt, zufällig in meine Richtung. Ich bin wieder um eine Illusion ärmer, denn als Frau Ente weg dreht, tut Dunya es ihr nach, und nun schwimmen also beide brüderlich von mir weg.
Von wegen gehorchen! Ich hätte es doch wissen müssen!

Als die Ente mit ein paar Flügelschlägen den Podencobereich verlassen hat, ist sie nicht mehr interessant und richtet Dunya ihre Aufmerksamkeit wieder aufs Ufer. Nein, natürlich nicht auf das Ufer, an dem ich stehe, sondern auf das gegenüber liegende…
Sei's drum, ich laufe mit meinen drei Hunden Richtung Auto. Innerhalb kurzer Zeit kündigt hinter mir schweres Hecheln Serondas Rückkehr an. Schön. Nun Dunya noch. Und tatsächlich, kurz vorm Auto höre ich das Geräusch einer Gruppe durchgegangener Pferde – so klingt es, wenn Dunya mit Topschnelligkeit rennt. Nur schade, dass sie vergisst zu bremsen, sondern in einer fließenden Bewegung an mir vorbei rennt und auf der anderen Seite wieder in den Wald.

Ich rufe sie – ha, ha! – und tue dann etwas für sie Unerwartetes. Ich lade die Hunde in den Wagen und fahre weg. Nicht dass das so eine geniale Idee ist, ich habe das schon früher mal versucht, ohne Erfolg. Aber dieses Mal konnte Dunya noch nicht allzu weit weg sein und würde wahrscheinlich das Motorgeräusch noch hören können. Es war also einen Versuch wert.
Dunya fand das eine ganz blöde Aktion von mir und kam angerannt, in wenigen Sekunden über die ganze Sandfläche. Na ja, sollen wir mal sagen, dass sie brav war?

Wo ich schon mal von sommerlichen Impressionen rede, darf ich vielleicht noch die Geschichte über das Planschbecken hinzufügen.
Weil meine Hunde Wasser sehr lieben – außer wenn es in der Form von Regen vom Himmel fällt – hatte ich mir schon oft

überlegt, so ein aufblasbares Kinderbad für sie an zu schaffen. Die Fotos meiner Freundin von ihren Hunden, die begeistert in so einem Bad die Füße kühlen oder sich sogar ganz rein legen, gaben den Ausschlag.

Ich kaufte also auch ein aufblasbares Bad, 114 Zentimeter Durchschnitt. Müsste genug sein. Ich ließ etwas Wasser rein laufen, legte ein Handtuch auf den Boden, um zu vermeiden, dass dieser von den Hundenägeln kaputt gemacht würde, und stand mit meinem Fotoapparat im Anschlag, um das Wasserfest als digitale Erinnerung fest zu halten.

Welches Wasserfest? Bonita, Dunya und Katze Gypsi schlichen misstrauisch um das Ding herum.

Daisy sprang hinein, als ich sie darum bat, weil sie nun mal Kommandos brav ausführt. Aber es gefiel ihr gar nicht. Auch nicht, als ich selbst ins Wasser ging. Sie trank höflich ein paar Schluck Wasser, fand anscheinend, dass sie damit ausreichendes Interesse bekundet habe und sprang wieder raus.

Als Trost, weil ich es doch so gut gemeint hatte, legte sie sich *neben* das Bad.

Undankbares Volk! Aber vielleicht geht es ja genauso wie bei dem Schaffell und sind sie in einer Weile ganz verrückt auf das Bad.

Und bis dahin setze ich mich schön selbst rein und freue mich, dass niemand da ist, um *davon* Fotos zu machen…

Dunyas Rubrik: Die Kartoffel

Ich *liebe* rohe Kartoffeln* . Keine Ahnung ob das typisch ist für Podencos; jedenfalls ist es typisch für mich. Letztens hatte Herrchen Kartoffeln gekauft und sie – unwiderstehlich in einem offenen Korb – in Podencohöhe in die Küche gestellt. Das war natürlich sehr aufmerksam, auf die Art konnte ich mich selbst bedienen. Eine Art laufendes Buffet.

Natürlich hat mein Mensch wieder einen Strich durch die Rechnung gemacht, weil sie mir nun mal nichts gönnt. Das bedeutet, dass ich jetzt „arbeiten" muss, um eine Kartoffel zu bekommen, also meine ganze Trickkiste drauf loslassen: mich ganz brav hinsetzen, Pfötchen geben, hoch springen, Ohren in den Nacken legen und lachen. Aber ich habe jedenfalls immer Erfolg damit. Wenn ich dann eine Kartoffel erbeutet habe, rase ich damit ins Wohnzimmer auf die Couch, um sie in aller Ruhe zu zerlegen (die Kartoffel, *nicht* die Couch, denn ich bin ja ein braver Hund!)

Ihr wisst ja, dass mein Mensch nun nicht gerade eine Intelligenzbestie ist, nicht? Nun hatte sie wieder mal einen ihrer „genialen Einfälle". Ihre Logik war folgendermaßen: Dunya liebt rohe Kartoffeln. Wenn ich sie das nächste Mal frei laufen lasse, ich rufe sie und sie kommt, dann gebe ich ihr eine Kartoffel anstelle von Käse. Dann gehorcht sie bestimmt viel besser.

Nun, für meinen Menschen mag das logisch klingen, aber das ist es natürlich nicht.

Gesagt, getan. Beim nächsten Freilauf rief mein Mensch mich. Ich kam freudig angelaufen, um mein Stück Käse abzuholen. Und was kriege ich? Eine Scheibe rohe Kartoffel. Ja, eine *Scheibe*, stellt euch vor, sie hatte die Kartoffel *in Scheiben geschnitten*. Muss ich noch mehr dazu sagen?

Wenn ihr jemals daran gezweifelt habt, dass mein Mensch nichts, aber auch gar nichts von uns Podencos versteht, dann ist das jetzt doch wohl deutlich. Ein Teil der Freude ist das ganze Getue, um überhaupt die Kartoffel zu bekommen. Vorfreude ist ja bekanntlich die schönste Freude. Und dann natürlich das Zerlegen. Aber wie soll man denn eine *Kartoffelscheibe* zerlegen?!

Zum Glück hat mein Mensch an meiner Reaktion gemerkt, was ich von ihrer Idee halte und nimmt jetzt wieder Käse mit auf den Spaziergang, wie es sich gehört.

Übrigens tut Herrchen mir öfter mal einen Gefallen. Wenn er unser Fressen zubereitet, dann kriege ich nicht so eine halbe Portion wie bei meinem Menschen, sondern eine schöne volle Futterschüssel. Dadurch habe ich allerdings im Laufe der Jahre ein paar Kilöchen zugelegt, das bleibt ja nicht aus. („Alles Muskeln!", sagt Herrchen; „Sie wird viel zu fett!" sagt mein Mensch).

Aber was ich nun gar nicht nett finde, dass Herrchen mich „Dickerchen" nennt, weil ich keine hochgezogene Bauchlinie mehr habe. Als wenn er selbst oder mein Mensch so schlank wären (über hochgezogene Bauchlinie wollen wir schon gar nicht reden!) – bestimmt auch alles Muskeln, was?! Ich würde sagen: seht mal ab und zu in den Spiegel, Leute, bevor ihr hier blöde Bemerkungen über *meine* Figur macht!

Dunyas Mensch, im Namen von Dunya

* P.S. von Dunyas Mensch: Inzwischen weiß ich, dass außer der Knolle selbst, alle Teile von rohen Kartoffeln giftig sind. Also sollte man mit dem Geben von rohen Kartoffeln sehr vorsichtig sein (gekochte Kartoffeln sind kein Problem).

Ein Tag in der Natur

Nach den gestrigen anhaltenden Regenschauern verwöhnte uns der Wettergott heute mit strahlendem Sonnenschein, und so fuhr ich mit den Hunden an unseren Heidesee, um mal wieder ein paar schöne Wasseraufnahmen von Bonita und – hoffentlich! – Dunya zu machen.
Ich hatte schon am Wochenende einen Vorstoß in diese Richtung gewagt, der aber durch Regen vereitelt wurde.

Die Hunde waren mit meinem Plan sehr einverstanden und amüsierten sich im und am Wasser. Leider war Dunya im hohen Schilf verschwunden, als ich zum Auto zurück wollte. Aber ein paar Aktionsfotos habe ich doch vorher noch von ihr schießen können.
Ich lief also mit den vier übrig gebliebenen Hunden zum Auto zurück und las ein bisschen; ich merke ja immer sofort, wenn Dunya wiederkommt, an dem Theater, das sie selbst veranstaltet und an der Reaktion der anderen Hunde. Aber plötzlich, als ich zufällig aufschaute, stand Dunya vor dem Auto und trank aus einer Pfütze, ohne dass ich eins der bekannten Vorzeichen erhalten hatte.
Ich stieg aus und wollte sie anleinen, wie sonst auch wenn sie „freiwillig" zum Auto zurück kam. War aber nichts mit „wie sonst auch", denn Dunya rannte weg. Ich lief ein Stück hinterher und sah sie dann weit entfernt auf der Sandplatte stehen.
Ich rief sie; sie schaute sich nach mir um, entschied dann aber, dass eine Stunde doch viel zu kurz sei bei dem schönen Wetter und trabte in entgegen gesetzter Richtung davon.

Mann, war ich sauer. Ich erprobte den Trick des Wegfahrens – Sie erinnern sich? – und blieb dann ein paar hundert Meter weiter stehen. Leider kam diesmal kein Podenco hinter dem Wagen her gerannt.
Also nach einer Weile wieder zurück. Nichts. Nach zwei Stunden und einer erfolglosen Suche in Begleitung von Flits und Daisy

(„Flits, wo ist Dunya? Such!" - „Hum???") hatte ich die Nase voll und ging erst mal Kaffee trinken. Als Erkennungszeichen für Dunya hinterließ ich ein Handtuch und Zettel mit entsprechendem Text - den Zettel nicht für Dunya, versteht sich, sondern für eventuelle Spaziergänger, damit sie nicht Dunya, das Handtuch oder gar beide mitnehmen!

Als ich zurück kam, lag das Handtuch noch da, aber leider ohne Podenco drauf. Also noch mal zum Heidesee, es war ja sooo schönes Wetter.
Auf halber Strecke gesellte sich dann auch tatsächlich ein recht abgeschlaffter Podenco dazu, in dem ich unschwer meine Ausreißerin erkannte.
Dunya blieb zwar fromm wie ein Lämmchen in unserer Nähe, und ich überlegte schon, ob ich sie weiterhin frei laufen lassen sollte, aber irgendwie traute ich dem Braten dann doch nicht so recht und leinte sie vorsichtshalber an. Denn schönes Wetter hin oder her, noch mal drei Stunden: Nein, danke!

Jetzt wo ich sie alle fünf wieder beisammen hatte – leider nicht im übertragenen Sinne, denn sonst hätte ich wohl besser aufgepasst – wollte ich die Gelegenheit nutzen, noch ein paar schöne Aufnahmen zu machen. Bonita legte sich zu diesem Zweck in den See, und Seronda und Flits sprangen herum wie die Ziegenböcke, so dass ich wirklich auf meine Kosten kam.

Leider hatte ich meine Aufmerksamkeit wohl zu lange auf Bonita konzentriert, denn als ich den Heidesee verlassen wollte, war plötzlich Seronda verschwunden. Sie ist zwar ein Mastinmischling, scheint aber eine Ausbildung zum Podenco zu machen. Und wenn sie so weiter macht, ist sie bald reif fürs Examen, muss nur noch lernen, ihre Schlappohren auf zu richten… Da Seronda einen Herzfehler hat, bin ich von dergleichen Ausflügen allerdings wenig begeistert.

113

Unterwegs zum Auto legten wir bei einer Bank im Wald eine Pause ein, und alle Hunde waren so k.o., dass sie sich auch sofort ausstreckten.

Vielleicht war Seronda ja auf anderem Wege zurück gelaufen, also lenkten wir unsere Schritte mal wieder Richtung Parkplatz. Nun lief ich also zum zweiten Male mit vier Hunden Richtung Auto, nur dass diesmal - außer meinen drei treuen Seelen - Dunya mit von der Partie war anstelle von Seronda.

Nach zwanzig Minuten kam Seronda dann endlich angelatscht, natürlich völlig außer Atem. Jetzt aber endlich nach Hause!

Schon auf der Rückfahrt kommen mir dann Formulierungen für eine Geschichte in den Sinn. Und ich weiß dass ich, einmal zu Hause, erst meine Erlebnisse aufschreiben „muss", wenn ich die Hunde versorgt habe, bevor ich mich meinem eigenen (Nach-) Mittagessen, der Hausarbeit und anderen Nebensächlichkeiten zuwenden kann.

Drei Tage aus dem Leben eines (Hunde-)Narren

Wenn man mit einem Hund wie Dunya zusammen lebt, ist es sehr schwer, selbst seinen Tag ein zu teilen und Verabredungen zu treffen – und ein zu halten! Wenn man dann noch einen Hund wie Seronda dazu nimmt, wird es unmöglich…

Dienstag Morgen. Ungemütliches Wetter. Regen. Eigentlich wollte ich Dunya heute frei laufen lassen, aber ich verschiebe das um einen Tag. Ich laufe mit den Hunden einen Bach entlang, der an beiden Seiten von Feldern gesäumt ist. Kein Rundwanderweg, wir müssen also denselben Weg zurück laufen.
Als ich zu diesem Zweck alle Hunde zu mir rufe, läuft Seronda weiterhin stur geradeaus. Nur nicht den Mut verlieren, also noch mal rufen und meine Arme ausbreiten in einer einladenden Geste, auf die Seronda meist reagiert, da diese „Leckerli" bedeutet.
Sie bleibt stehen, dreht sich um, zögert. Man sieht förmlich, wie sie nachdenkt: Was macht mehr Spaß? Leckerli oder raus ins Abenteuer.
Natürlich Letzteres. Und *weg* ist sie…
Dass sie nicht gehorcht, wenn ich sie rufe, ist eine Sache. Aber mir ins Gesicht sehen und dann in die andere Richtung laufen und damit überdeutlich zeigen, dass ich ihr schnurz-piep-egal bin, geht doch zu weit.
Ich laufe mit den anderen Hunden zum Auto zurück, und nach einer Stunde kommt Seronda angelatscht. Ich war neugierig, wie sie auf mich zukommen würde und achtete auf ihre Körperhaltung. Tatsächlich zeigt sie anfangs Beschwichtigungsgesten: den Kopf abwenden, niedrige Haltung, mir nicht gerade entgegen gehen, sondern in leichtem Bogen. Ich bleibe stehen, und sie schaut mich an, leckt in meine Richtung und fängt ganz leicht zu wedeln an. „Du bist doch nicht böse, oder?"
Ohne weiteren Kommentar begleite ich sie ins Auto. Was soll man auch sonst tun?!
Mittwoch war es Dunyatag. Sie durfte beim Heidesee frei laufen. An sich herrlich, sie rennt und rennt und rennt. Ab und zu kommt

sie für ein Stück Käse zurück. Erstaunlicherweise blieb sie eine ganze Weile in der Nähe, bevor sie sich entschloss, dass das hohe Gras in der Ferne mehr Möglichkeiten bot als der Heidesee und sich absetzte.

Also zurück zum Auto und warten, warten, warten. Es beginnt zu gießen wie aus Eimern, aber das scheint Dunya nicht zu stören. Nach 2 Stunden kommt sie an, klitschnass und schmutzig. Als ich sie ins Auto lassen will, spurtet sie wieder weg. Das hatten wir doch schon mal…??!!

Plötzlich höre ich sie ganz in der Nähe bellen und finde sie dann auch, etwa 20 Meter vom Auto entfernt, mit ihrem Kopf in einem Kaninchenbau. Als ich sie rufe, schaut sie auf… und lässt sich dann zum Glück anleinen und zum Auto bringen.

Also wieder spät zu Hause; wieder all die Dinge nicht getan, die ich tun wollte. Na, morgen geht's besser… denke ich.

Donnerstag will ich endlich selbst meine Zeit einteilen und halte Dunya an der Leine. Leider kann ich Seronda nicht gut an der langen Leine führen, wenn Dunya an der Ausziehleine läuft, aber ich versuche beim Freilauf gut auf sie zu achten.

Dunya beginnt den Spaziergang mit Grasen, und das bedeutet, dass Seronda schon ganz weit weg ist, als wir immer noch mehr oder weniger beim Auto stehen. Kein guter Anfang. Aber Seronda bleibt in Sichtweite, und langsam aber sicher holen wir sie ein.

Sie ignoriert mich und unser Rudel vollständig, also beschließe ich, es ihr mal gleich zu tun und laufe an ihr vorbei ohne Wort, ohne Blick. Mal schauen, wie sie reagiert.

Das mit dem Ignorieren klappt aber nicht, da gerade ein Radler ankommt. Also drehe ich mich um und will Seronda anleinen. WEG! Auch im angrenzenden Feld ist sie nicht zu sehen, innerhalb einiger Sekunden scheint sie vom Erdboden verschwunden zu sein.

Ich habe langsam die Schnauze voll von diesem sturen Hund und beschließe, als wir eine Stunde später wieder beim Auto sind, dieses Mal weg zu fahren und nicht auf sie zu warten.

Als wir zurück kommen, ist kein Hund zu sehen. Wir wiederholen noch mal den ganzen Spaziergang, laut rufend und pfeifend.

Ich muss zum Auto zurück, denn Bonita kann wirklich nicht mehr. Für sie ist das viel zu ermüdend. Sie darf sich also gemütlich ins Auto legen. Dunya darf noch ein bisschen von der Situation profitieren und an der langen Leine rum wuseln. Das macht ihr Spaß; denn auf die Art hat sie einen recht großen Schnüffelradius. Und ich darf das Auto ausfegen und die Matten ausklopfen, Flits bürsten. Auf die Art tue ich wenigstens noch etwas Nützliches heute. Denn meine übrigen Pläne sehe ich schon wieder Stück für Stück ins Wasser fallen.

Nach einer Weile glaube ich eigentlich nicht mehr, dass Seronda noch in der Gegend ist, sonst wäre sie doch sicher zurück gekommen? Wahrscheinlich ist sie irgendwo in den Feldern oder auf einem anderen Wanderweg, der nicht allzu weit entfernt liegt. Vielleicht sollte ich dort noch mal nach schauen?

Ein letzter Blick auf den Pfad, bevor ich mich auf den Weg zu dem anderen Wanderweg mache. In der Ferne sehe ich einen kleinen dunklen Punkt auf dem Pfad. Seronda oder Wunsch-denken?

Der Punkt bewegt sich und kommt uns entgegen. Es ist tatsächlich Seronda; ihre Zunge hängt aus dem Maul. Sie unterbricht ihren Weg zu mir mit einem Sprung in den Graben, um zu trinken und sich ab zu kühlen („Frauchen ist da. O.K. Also warum soll ich mich jetzt noch beeilen?!") und bequemt sich danach tatsächlich zu mir hin. Nass, schmutzig und völlig ausgepowert.

Ich sollte mir wirklich endlich abgewöhnen, meinen Tagesablauf selbst einteilen zu wollen…

Dunyas Rubrik: Cafébesuch

Ob wohl der Humor der Menschen abnimmt mit dem Alter? Es hat fast den Anschein. Denn wie sonst ist es zu erklären, dass mein Mensch letzte Woche so giftig war?

Ich hatte Freilauf und kam nach sechs Stunden brav zum Auto zurück. So sollte es doch sein, oder nicht? Dass ich zum Auto zurück komme, meine ich, nicht dass ich sechs Stunden weg bleibe. Jedenfalls fand mein Mensch das gar nicht gut, meckerte rum von wegen „… das hat mich den ganzen Tag gekostet…" und dass sie „den Hund" (damit meinte sie mich!) nächste Woche an der Leine lassen würde.

Wenigstens Herrchen hatte ein Einsehen und ließ mich am Wochenende frei laufen. Mein Mensch durfte zu Hause bleiben und an der Podencozeitung arbeiten, Mails beantworten und dergleichen unnützer Kram.

Herrchen hatte sich die Sache gut überlegt und fuhr zu einer Stelle, an der ich noch nie frei gelaufen hatte. Er meinte, auf unbekanntem Gelände käme ich vielleicht eher zurück.

An sich war das auch gar keine so schlechte Überlegung, zumindest für einen Menschen. Straßen gab's dort nicht, nur Felder und Wald, also erschien es ihm sicher genug.

Also erstmal raste ich den Weg runter, wo Herrchen und meine Kumpels eine halbe Stunde für brauchen. Ich war damit in 20 Sekunden fertig. Was jetzt? Rechts oder links in die Felder? Ich entschied mich für rechts, rannte über die Wiesen und nahm gleichzeitig alle interessanten Gerüche in mir auf. Ganz, ganz weit weg sah ich Herrchen und die anderen Hunde laufen.

Als ich damit fertig war, wollte ich gern noch die Felder an der anderen Wegseite erkunden… und äääh… vielleicht noch einen ganz kurzen Blick in das Waldstück werfen, das dahinter lag?

Gesagt, getan. Herrchen sah mich vorbei fliegen und in der Ferne verschwinden. Das Letzte das er von mir sah war, dass ich ihm die Zunge raus streckte, aber das kann er sich auch nur eingebildet haben…

Als die Felder und auch der Wald keine nennenswerten Geruchsgeheimnisse mehr bargen, wollte ich zum Auto zurück. Oh je, wo stand das noch mal? War es in dieser Richtung… oder doch in der anderen?

Ich machte mir darüber keine unnötigen Sorgen, wir Podencos haben eine Art eingebauten Radar, also wenn ich den Weg immer geradeaus gehe, dann komme ich von selbst zum Auto.

War wohl nichts. Ich stand auf einmal … auf der Straße. Ich muss also viel weiter gelaufen sein, als ich dachte. Aber die Chance, von hier aus das Auto wieder zu finden, war verdammt klein.

Also lief ich in die Richtung, von der ich dachte, dass sie nach Hause führt (was auch stimmte, wie sich hinterher heraus stellte!), als ich plötzlich meinen Namen hörte. Carla, die Tochter des Wirtes von unserem Stammcafé, rief mich. Die finde ich auch ganz lieb, darum lief ich gleich zu ihr hin.

Als ich bei Carla war, stürzten sich sofort ihre drei Hunde auf mich, mit denen ging sie nämlich gerade Gassi, und die mögen mich nicht so. Das hat mich dann doch ein bisschen erschreckt, denn die sind alle drei viel größer als ich. Aber die Rettung war nahe, denn ich sah plötzlich unser Stammcafé. Ja, *da* musste ich hin. Ich setzte mich vor die Tür und ließ ein ohrenbetäubendes Heulen hören, sodass ich sofort herein gelassen wurde.

Ich bin dort bekannt, also wurde mir ein gemütliches Plätzchen zugewiesen, und ich bekam sogar noch einen Kauknochen, während die nette Frau vom Café meinen Menschen zu Hause anrief. „Ich glaube, dass du Dunya vermisst…?"

Mein Mensch rief dann gleich das Herrchen auf dem Handy an, der klemmte sich hinters Steuer und holte mich ab.

Aber nun frage ich mich doch, wofür ich eigentlich den Kauknochen gekriegt hatte. War es die Belohnung dafür, dass ich ganz selbständig den Weg zu unserem Stammcafé gefunden habe? So wird's wohl sein…

Dunyas Mensch, im Namen von Dunya

Mastin-Abenteuer

Gestern Mittag goss es in Strömen. Dunya suchte demonstrativ ihr Himmelbett auf und kniff die Augen zu. „Ich bleibe hier!".

Als Tom nach seiner Arbeit bei mir vorbei kam, hatte er Lust auf einen Spaziergang und fragte Dunya: „Willst du doch noch frei laufen?" Durch die Art, wie er das sagte, war Dunya ganz Ohr, und gut gelaunt gingen sie alle zusammen weg.

Drei Stunden später – inzwischen war es 20 Uhr geworden – rief Tom mich an. Dunya war brav zurück gekommen, aber Seronda war verschwunden. Wir beschlossen, dass ich auch dorthin kommen sollte. Ich könnte dann beim Auto warten, sodass Seronda einen Erkennungspunkt hätte, falls sie zurück käme, und Tom konnte noch mal zusammen mit Flits die Umgebung absuchen.

Nach einer ganzen Weile kam Tom zurück. Er hatte Seronda nicht gefunden, und Flits hatte auch keinen Erfolg gehabt.

Vor einiger Zeit hatte Tom hier mal seinen Schlüsselbund verloren und nie mehr wieder gefunden. Aber man sollte doch meinen, dass man einen Hund mit 70 cm Widerristhöhe sehen müsste. Die Felder sind hier aber sehr weitläufig und mit hohem Gras, Schilf und Gebüsch bewachsen. Hunderte von Stellen, wo sogar ein so großer Hund wie Seronda sein kann, ohne dass man sie sieht.

Nach 4 Stunden war ich davon überzeugt, dass sich Seronda entweder völlig verirrt hatte oder dass sie irgendwo auf den Feldern lag, weil es zu viel für ihr Herz gewesen ist. Sie hat schließlich einen Herzfehler.

Wenn sie sich verirrt hatte, würde sie schon irgendwann irgendwo wieder auftauchen, dachte ich. Sie ist ja gechipt. Aber der Gedanke, dass sie irgendwo auf den Feldern lag, tat weh. Ich fühlte mich so machtlos. Um die Felder systematisch ab zu suchen, hätte man 100 Mann und einen Tag gebraucht. Innerhalb von einer Stunde würde es dunkel sein. Dann war überhaupt kein Suchen mehr möglich. Und dann?

Dunya amüsierte sich inzwischen köstlich. Ich hatte sie mit der langen Leine am Auto festgelegt, und sie schnüffelte eifrig die Gegend ab. Flits und Daisy hingen ein bisschen kleinlaut beim Auto rum, und Bonita lag natürlich schon lange wieder im Auto. Denn sie kann nicht so lange stehen.

Einen späten Spaziergänger – auf den Flits und Daisy bellend los gingen – fragte ich, ob er einen großen Hund gesehen habe. Nein, leider…

Ich schickte ein paar Stoßgebete "nach oben", und schließlich setzte ich mich hin, schloss die Augen und konzentrierte mich auf Seronda. Ich habe absolut keine hellseherischen Fähigkeiten, aber versuchen kann man es ja mal.

Als ich die Augen wieder öffnete, sah ich… das leere Feld. Dumme Kuh, schalt ich mich selbst, du hast doch nicht wirklich erwartet, dass sie da plötzlich steht?!

Zehn Minuten später – es war inzwischen halb 10 abends – kam Seronda den Weg herunter. Sie sah unglaublich müde aus, war klatschnass, denn es hatte zwischendurch geregnet, und konnte kaum die Augen offen halten. Ein kleiner, müder Wedler kam noch für mich, dann sprang sie mit steifen Gliedern ins Auto.

Was für eine Erleichterung!

Zu Hause bekam ich Seronda kaum aus dem Wagen, so müde war sie. Und einmal im Garten, legte sie sich sofort wieder hin. Mit viel Mühe gelang es mir, sie zum Haus zu bekommen, wo sie sich sofort in ihren Korb legte.

Ich war so froh, als alle wieder zu Hause waren, Türen zu, Gardinen zu und eine Tasse Tee beziehungsweise Pansensticks genießen!

Alle waren fix und fertig, und niemand bewegte sich mehr… außen den Kiefern zum Kauen der Pansensticks.

Meine zwei Superhunde

Heute Morgen durften Bonita und Daisy mich auf eine Caféterrasse begleiten. Nach all den Wochen mit Regen, Regen und nochmals Regen war es herrlich, die Sonne zu genießen. Für Bonita habe ich eine spezielle Decke im Auto, die extra dick gewebt ist und wo sie wunderbar weich drauf liegen kann.

Manche Leute finden, dass ich Bonita verwöhne, aber das ist nicht der Fall. Sie hat sich ihr Leben auf der Rennbahn ja nicht ausgesucht, wo sie jahrelang auf hartem Boden liegen musste. Darum sind ihre Gelenke jetzt sehr schmerzhaft und ist es sehr unangenehm für sie, wenn sie nicht weich genug liegt.

Leider lag diese Decke hinten in meinem Kleinbus, und den hatte ich gegen eine Mauer geparkt, sodass die Hintertüren nicht aufgingen. Mein „Dog-Mobil" ist allerdings prima ausgerüstet, und so nahm ich für Bonita ein Handtuch mit, wo sie sich auch brav drauf legte. Aber sie lag nicht gut, änderte ständig ihre Haltung, um die Gelenke zu entlasten, und wenn mein Mädchen nicht komfortabel liegt, kann ich meinen Kaffee auch nicht genießen.

Also Kommando „Bleib" gegeben, zurück zum Auto, ein Stück nach vorne fahren, sodass ich die Hintertüren öffnen konnte und die Decke geholt. Als ich zurück kam, lagen beide Damen noch genau so, wie ich sie zurück gelassen hatte. Was sind es doch für Superhunde!

Ich habe all meinen Hunden das Kommando „Bleib" beigebracht – wenn sie brav liegen bleiben, gibt's ein Leckerle, sonst nicht – aber das Resultat ist doch bei allen Hunden recht unterschiedlich.

Dunya fand, dass sie das Kommando in der Hundeschule brav befolgen musste, um sich beim Examen den ersten oder zweiten Platz zu sichern, aber irgendwelchen praktischen Nutzen hat dieses Kommando im „wirklichen Leben" ihrer Meinung nach nicht.

Seronda kann zwar bleiben, aber ich darf nicht außer Sichtweite, und außerdem bleibt sie nur, wenn sie in dem Moment zufällig Lust dazu hat. Kurz: auf sie kann ich mich nicht verlassen.

Flits kann auch bleiben, aber in einer Situation wie der heute Morgen steht er auf und schaut nach, wo ich hingehe.

Bonita und Daisy sind also mit Abstand die besten „Bleiber" meines Rudels. Daisy hat soviel Kurse absolviert, dass manche Leute sagen, sie sei ein Hund, der mit Abstandsbedienung gelenkt wird, und Bonita … nun ja, ehrlich gesagt vermute ich, dass es bei ihr vor allem eine gewisse Faulheit ist. Warum soll man sich die Mühe machen, auf zu stehen, wenn Frauchen doch gleich wieder kommt?
Aber das nimmt nicht weg, dass sie ein Superhund ist!

Kaninchen in Drenthe

Die Kaninchen in unserer Umgebung müssen über unglaubliches Selbstbewusstsein verfügen; denn sie hoppeln ab und zu mir und – schlimmer noch! – den Hunden fast vor die Füße.

Erst gestern gab es wieder eine solche Situation. Am Ende des Spaziergangs wollte ich die Hunde noch bürsten. Also habe ich Seronda und Dunya ans Auto gebunden. Dunya darf dann an der langen Leine rumwuseln, und Seronda lege ich mit kurzer Leine am Auto fest, weil ich beim Bürsten der anderen ja nicht auf sie achten kann.

Als ich gerade anfangen wollte, Bonita zu bürsten, kam plötzlich ein Kaninchen ganz fröhlich aus dem Gebüsch gehoppelt. Flits und Daisy rasten hinterher, wobei Daisy mit ihren verrückten Sprüngen selbst ein wenig einem Kaninchen ähnelt. Aber wenn man klein ist, muss man hoch springen, um den Überblick zu behalten. Wie üblich kamen die beiden aber schon bald wieder zurück getrottet.

Dunya an ihrer langen Leine raste los, und auch Seronda machte einen Wahnsinnssatz, zum Glück durch die kurze Leine gehindert. Eine lange Leine hätte sie glatt durch gerissen.

Dunya bekam natürlich einen gewaltigen Schlag – wenn sie nach 10 Metern Leine in voller Fahrt gestoppt wird! – aber sie muss unglaublich starke Halswirbel haben. Schleuderte herum, war aber zum Glück unverletzt. Das Kaninchen war gerade außer ihrer Reichweite.

Oh ja, und Bonita Langnase? Die schaute sich suchend um: „Muss irgendwas los sein hier, die regen sich alle so auf... was sagt ihr? Ka-nin-chen?... Wo?... ich seh' nix.... Ach, wurscht, ich steig mal ins Auto, kann ich wenigstens liegen."

Pansensticks

Für meine 5 Rabauken habe ich meist einen großen Vorrat Pansensticks. Im Einkauf ist es preiswerter, und man kann sie monatelang aufbewahren, falls die Vorratsdose gut verschlossen ist. Und dafür sorge ich schon, weil sonst der Gestank unerträglich wäre. Die Hunde lieben die Pansensticks, sie sind gesund und gut fürs Gebiss.

Wegen der gut verschlossenen Dose, die auch noch im (abgeschlossenen!) Vorratsschrank steht, sind die Pansensticks also im allgemeinen gut gegen "Selbstbedienung" gesichert. Aber heute Mittag habe ich schon mal angefangen, für den Urlaub einige Hundesachen zurecht zu legen.
Ich hatte einen Beutel mit 15 (!) Pansensticks und einen mit 10 anderen Kauknochen auf die Anrichte gelegt. Ich dachte noch: ob das gut geht? Aber Dunya klaut fast nie mehr etwas. Gestern noch brachte eine Nachbarin einen Beutel mit Hundeleckerli, und der Beutel lag heute Morgen noch unangerührt auf der Anrichte.
Aber anscheinend besteht doch ein großer Unterschied zwischen normalen Hundeleckerli und Pansensticks. Denn als ich eine halbe Stunde später in die Küche kam, lag da nur noch *ein* Beutel auf der Anrichte anstelle von zweien. Der mit den Kauknochen. Den Beutel mit den (beziehungsweise jetzt *ohne* die) Pansensticks, fand ich kaputt gerissen im Hundekorb. Dunyas Ohren auf Halbmast, vorsichtiger Wedler. Wer oh wer…

Ich frage mich, ob sie die Beute mit ihren 4 Kollegen geteilt oder die ganzen 15 Pansensticks selbst aufgefuttert hat. Ich hoffe ersteres. Obwohl sie einen *sehr* dicken Bauch hat…

Dunyas Rubrik: Überlegungen zum Thema Jagd

Aus unerfindlichen Gründen darf ich hier ja keine Kaninchen jagen. In Spanien werden wir streng bestraft, wenn wir keine Kaninchen fangen, und manche Podencos müssen das sogar mit dem Leben bezahlen. Aber darüber will ich hier nicht reden, das wisst ihr ja eh. Jedenfalls soll ich hier auf einmal meine Jagdleidenschaft vergessen und ein braver Haushund sein. Die Menschen sind schon irgendwie seltsam.

Mein Mensch lässt mich darum ab und zu Mäuse fangen. So ganz passt ihr das auch nicht, aber sie findet, dass sie mir einen „jagdlichen Ausgleich" verschaffen muss. Na ja…
Der Förster hat sie daraufhin sogar schon mal angesprochen. Er meinte, die Raubvögel seien hier fast ausgestorben, weil sie zu wenig Nahrung finden. Ah ja, und das soll dann meine Schuld sein? Bei den paar Mäusen, die ich mal fange? Also ich weiß nicht, das erscheint mir doch etwas zu viel – zweifelhafte – Ehre für einen einzigen kleinen Podenco. Mein Mensch fand das zum Glück auch.

Aber wie dem auch sei, ich bin immer froh, wenn ich allein unterwegs bin, da kann ich endlich mal wieder ungestört Mäuschen fangen, ohne dass mir der blöde Greyhound dazwischen funkt. Bei Mäuschen muss man sich nämlich ganz langsam und leise anschleichen, um überhaupt eine Chance zu haben. Trotzdem geht es dann doch meist schief. Aber wenn Bonita mit mischt, dann klappt es garantiert nicht.
Wenn sie sieht, dass ich auf drei Beinen, den Kopf schief, im Gras stehe, dann kommt sie angetrampelt wie ein Bernhardiner, womit gleich alle Mäuse im Umkreis von hundert Metern vorgewarnt sind.
Bonita bleibt dann eine Weile hoffnungsvoll stehen, weil sie erwartet, dass die Maus ihr in die Schnauze läuft. Wenn das nicht klappt, geht sie weiter. Aber meine Chance ist damit definitiv vertan.

Ein Podenco in den Niederlanden hat's wirklich nicht leicht. Wozu er eigentlich auf der Welt ist, das darf er nicht tun. Und wenn er mal einen Hasen erlegt, dann gibt's sofort ein Riesentheater. Wie steht es eigentlich mit all den Autos, die Wild überfahren, und all den so genannten Hobbyjägern, die es abschießen? Ich habe noch nie mitgekriegt, dass da so ein Theater drum gemacht wird.

Aber die Erklärung liegt ja auf der (Jäger-)Hand: „Die Hobbyjäger bezahlen dafür!" wie unser Jagdpächter es so treffend ausdrückt. Die Antwort, die mein Mensch ihm daraufhin gab, kann ich hier vielleicht besser nicht wiederholen…

Dunyas Mensch, im Namen von Dunya

Lange sorgenvolle Nacht

Ort der Handlung: ein Wald in Frankreich…
Dienstag, 15.00 Uhr
Nach einem ruhigen Vormittag habe ich Lust, mit den Hunden los zu ziehen. Ich entscheide mich für einen nahe gelegenen Wald und lasse Dunya *und* Seronda frei laufen. Bisher war das in diesem Urlaub ja immer gut gegangen. Und für den Fall, dass sie länger weg bleiben, habe ich ein Buch mitgenommen.
Das erste Stück geht auch gut, aber plötzlich rasen beide los. Sie kommen sicher gleich zurück, denke ich – noch – wohlgemut.

19.30 Uhr
Der Mut ist mir inzwischen vergangen. Ich warte schon 4 Stunden, aber noch immer kein Lebenszeichen. Ich fange an, mir Sorgen zu machen. Erst mal nach Hause, um Weste und Taschenlampe zu holen, denn es wird langsam dunkel… und kalt.
Die Hunde müssen sich verlaufen haben, anders kann ich mir das nicht erklären.

Mitternacht
Ganz allein in dem großen dunklen Wald wird es mir doch allmählich unheimlich. Ständig hört man irgendwelches Rascheln; jedes Mal die Hoffnung, dass es die Hunde sind, und dann jedes Mal die Enttäuschung, wenn sie es *nicht* sind. Was es dann wohl ist, was das Rascheln verursacht, darüber denke ich lieber gar nicht erst nach…
Ich gehe nach Hause, es hat keinen Sinn, hier den Rest der Nacht zu verbringen. Wenn sie diese Stelle bisher nicht wieder gefunden haben, ist die Chance sehr klein, dass sie das innerhalb der nächsten Stunden tun werden. Ich schließe auch nicht aus, dass sie selbst den Weg nach Hause wieder finden und auf einmal vor der Tür stehen. Es liegen ja nur ein paar Kilometer dazwischen. Aber was für Kilometer: Wald, Wald und nochmals Wald.
Morgen früh, sobald es hell ist, will ich wieder los ziehen und weiter suchen. Und wenn ich sie dann nicht finde…?

3 Uhr nachts

An Schlafen ist nicht zu denken. Bei dem kleinsten Geräusch stehe ich vorm Fenster – es ist Vollmond und ziemlich hell – in der Hoffnung, dass ich die Hunde ankommen sehe. Und was für Geräusche man in so einer Nacht hört, das war mir noch nie aufgefallen. Rufende Eulen, allerlei andere Vögel, die ich nicht mal kenne.

Und dann fangen natürlich allerlei "Filme" an, in meinem Kopf abzulaufen. Was ist passiert? Natürlich können die Hunde verletzt sein (in Stacheldraht gelaufen?), überfahren, oder sie haben sich verirrt. Aber beide? Das wäre schon ein seltsamer Zufall.

Dann gibt es auch noch die Jäger, aber Schüsse müsste man doch hören in dieser nächtlichen Stille.

7.00 Uhr

Doch noch ein paar Stunden geschlafen, und wieder ziehe ich los. Zurück an die Stelle, wo wir spazieren gegangen waren. Nichts.

Ich bespreche mich mit der Freundin, bei der ich wohne. Wo meldet man hier vermisste Tiere an? Eine offizielle Instanz dafür gibt es nicht; das nächste "Tierheim" besteht aus zwei Zwingern und ist 20 Kilometer entfernt. Meine Freundin ruft eine private Auffangstation hier in der Nähe an, und später können wir Poster machen und aufhängen. Ich mache schon mal Zettel mit Telefonnummer, die ich verteilen kann, falls ich auf meiner Odyssee jemandem begegne.

9.00 Uhr

Wieder zurück in den Wald. Keine Menschenseele. Und auch keine Hundeseele. Es ist auch so nutzlos, aber man muss doch irgendetwas tun.

Inzwischen überschlagen sich die Gedanken in meinem Kopf. In drei Tagen zurück nach Hause ohne meine Hunde? Ich denke aufsässig: „Das kommt gar nicht in Frage!". Aber gleichzeitig holt die Realität mich ein. Ich *muss* nach Hause. Also überlege ich mir schon mal, wie ich die Hunde, falls sie später gefunden werden, wieder in die Niederlande bekomme. Aber wo ein Wille ist, ist ein Weg. Und bei all meinen Tierschutzkontakten muss das doch machbar sein.

Ich habe die Türe offen gelassen, falls die Hunde den Weg nach Hause finden, während ich selbst noch unterwegs bin. Meine Hoffnung, dass Seronda noch lebt, wird immer kleiner. Sie hat einen Herzfehler, und ich fürchte, dass dies alles zu viel für ihr Herz gewesen ist und sie irgendwo tot im Wald liegt. Ein unerträglicher Gedanke.

10.00 Uhr

Als ich nach vergeblichem Rufen wieder nach Hause komme, hoffe ich, dass ich beide, oder wenigstens eine der beiden dort antreffe… obwohl ich es besser wissen müsste. Und gleichzeitig versuche ich mich schon mal gegen die Enttäuschung zu wappnen, wenn das nicht der Fall ist… und weiß jetzt schon, dass mir das nicht gelingt.

Als ich herein komme, sehe ich Seronda in ihrem Korb liegen. Mein Herz macht einen Sprung, und sofort denke ich, dass es für Dunya dann auch noch Hoffnung gibt, dass sie zurück findet.

2 Sekunden später sehe ich Dunya liegen, ganz in eine Ecke ihres Körbchens weg gekrochen.

Und dann gehen die Emotionen mit mir durch. Heulend begrüße ich meine Abenteurer, froh, oh so froh, dass sie wieder zu Hause sind und nach dem ersten Eindruck gesund, wenn auch nicht gerade munter. Von ihrer Seite fällt die Begrüßung eher mager aus. Zu müde, zu erschöpft? Oder denken sie einfach: "Wir sind ja da, alles im grünen Bereich. Aber wo hast *du* denn die ganze Zeit gesteckt?"

Ich dachte in dem Moment noch, dass die Hunde selbst den Weg zurück gefunden hatten. Erst später hörte ich von meiner Freundin, wie es wirklich war: während ich noch unterwegs war, kam der Bürgermeister des Dorfes vorbei. Er hatte einen Anruf bekommen von Arbeitern der nahe gelegenen Ziegelfabrik. Da lagen zwei Hunde, ob die vielleicht ihr gehörten?

Meine Freundin war sofort ins Auto gesprungen und hinter dem Bürgermeister her gefahren. Und ja, da lagen sie. Zu zweit. Sie ließen sich problemlos ins Auto verfrachten, Seronda war ganz mit weißem Steinstaub bedeckt, aber in Ordnung.

Wie lange sie wohl dort bei der Ziegelfabrik gelegen haben? Oder sind sie sich dort erst wieder begegnet?

Sie waren ganz in der Nähe einer Stelle, wo ich gestanden und gerufen hatte. Aber gerade den Weg zur Ziegelfabrik hatte ich nicht eingeschlagen. Seltsam dass sie mich nicht haben rufen hören. Auch dass sie knochentrocken waren, obwohl es nachts geregnet hatte.

Es bleiben so viele Fragen offen, aber das Wichtigste ist, dass meine beiden Abenteurer wieder sicher zu Hause sind.

P.S. Einige Leute werden sich vielleicht wundern, warum ich meinen Hunden kein Adresskärtchen ans Halsband hänge. Nun, das habe ich getan und mehr als einmal. Gerade vor dem Urlaub habe ich noch für alle Hunde neue Adressenanhänger gekauft.

Aber sie verlieren sie, Dunya am ersten Tag, Seronda einen Tag später. Die einzigen Hunde, die nie ihre Anhänger verlieren, sind die, die sie eh nicht brauchen, weil sie nicht weglaufen…

Kranke Dunya

Dunya ist ein sehr starker Hund, der – außer einem ziemlich schlechten Gebiss – nie etwas hat. Aber ihr Urlaubsabenteuer, bei dem sie die ganze Nacht weg gewesen ist, hat doch seine Spuren hinterlassen.

Sie war von Dienstag Mittag bis Mittwoch Morgen weg gewesen. Die nächsten Tage wollte sie nur schlafen, kam kaum von der Couch. Essen und trinken musste sie auch auf der Couch serviert bekommen, und um sich zu lösen, musste sie nach draußen getragen werden oder an die Leine genommen. Sie strauchelte dann sehr steif durch den Garten, zog manchmal mit einer Pfote und war froh, wenn sie wieder rein durfte.

Sie aß schlecht, aber trank viel.

Ich fand dies alles nicht so beunruhigend nach allem, was sie mitgemacht hatte. Darum dachte ich die ersten Tage, dass sie eben sehr müde sei, die Muskeln steif und verspannt vom vielen Laufen und der Kälte und dass sie sich einfach ein bisschen erholen müsse.

Donnerstag nahm ich sie mit auf den Spaziergang. Ich musste sie zwar mehr oder weniger zwingen, aber als sie einmal draußen war, zeigte sie Interesse an ihrer Umgebung und schnüffelte munter drauf los.

Freitag schreit sie ab und zu ohne sichtbaren Grund, zieht auch wieder ein Bein nach. Sie frisst normal, aber es scheint, als bekomme sie die Schnauze nicht weit auf. Sie hat leichtes Fieber.

Tja, dann ist man in Frankreich. Morgen nach Hause, also erschien es mir das Beste, um dort zu meinem eigenen Tierarzt zu gehen.

Am nächsten Tag, Samstag, ist sie auf einmal wieder ganz die Alte. Bei jedem Halt, den wir unterwegs machen, springt sie fröhlich aus dem Auto, läuft normal, nicht steif und zieht auch nicht mehr mit dem Bein. Wohl schreit sie ab und zu auf, und ich kann noch immer keinen Grund dafür finden.

Die ganze Woche zu Hause geht es gut. Sie frisst gut, ist fröhlich, läuft und rennt.

Dann plötzlich, am nächsten Samstag Abend, hat sie eine dicke Wange, kann die Schnauze wieder nicht auf bekommen, und die Ohren hängen. Kein Fieber. Ich will abwarten und eventuell morgen zum Notdienst.

Sonntag ist die Schwellung wieder weg, Dunyas Verhalten wieder normal.

Montag ist Dunya krank, richtig krank. Morgens sofort zum Tierarzt, da ist Dunya als Springinsfeld bekannt, der jedes Mal die ganze Praxis auf den Kopf stellt, aber jetzt kommt sie ins Wartezimmer geschlichen und legt sich sofort auf die mitgebrachte Decke. Sie reagiert nicht auf die Tierarzthelferinnen und nicht auf Katzen in Transportkäfigen.

Sie hat kein Fieber, Herzschlag ist in Ordnung. Die Tierärztin dreht vorsichtig am Hals, untersucht Rücken, Beine, Füße, aber kann nichts finden. Für die Untersuchung des Rachens muss Dunya leicht betäubt werden, dafür müssen wir heute Mittag zurückkommen.

Während ich noch mit der Tierärztin rede, kriecht Dunya in die Ecke des Behandlungszimmers und legt sich dort auf meine Jacke. Bei einem anderen Hund fände ich so etwas rührend, aber dies ist so ganz und gar nicht *meine Dunya*!

Zu Hause versteckt sie sich in dem Verschlag mit den Gartengeräten. Ich lasse sie da erst mal liegen, weil sie sich diesen Platz selbst ausgesucht hat und sich wahrscheinlich dort gut fühlt. Alle paar Minuten schaue ich nach ihr.

Aber dann ist sie auf einmal unter einen niedrigen Schrank gekrochen. Das geht zu weit. Wie sie da unter dem Schrank sitzt mit Augen voller Angst und hängenden Ohren, erinnert mich an Fotos von den Podencos in Spanien, die ihr ganzes Leben in solchen Umständen verbringen müssen.

Mit Mühe kann ich sie unter dem Schrank hervor ziehen und richte es ihr im Haus gemütlich auf dem Sofa ein.

Die Untersuchung beim Tierarzt bringt nicht viel. Ihre Kehle ist auf der einen Seite rot, auf der anderen Seite sind die Mandeln und der Lymphknoten geschwollen, aber es wurde kein Fremdkörper im Hals gefunden (ich hatte an einen Holzsplitter gedacht). Auch das Gebiss ist in Ordnung. Möglicherweise ist es ein Abszess gewesen, der spontan aufgesprungen ist, wodurch ihre Wange so dick geworden war. Aber warum sie dann jetzt, 2 Tage später, so krank ist, bleibt ein Rätsel.

Dunya bekommt Antibiotika und Schmerzmittel. Die schlagen anscheinend gut an. Nach der ersten Spritze geht es ihr schon ein wenig besser, und während der Kur setzt sich diese positive Entwicklung fort. Nach zwei Tagen kann ich die Schmerzmittel schon weg lassen. Sie kann ihre Schnauze wieder normal öffnen und scheint keine Schmerzen mehr zu haben. Sie schreit auch nicht mehr.

Nach einer Woche habe ich meine gute alte Dunya zurück, den Hund, der während ich esse, versucht mir den Teller aus der Hand und das Essen aus dem Mund zu starren; der Leckerli aus meiner Jackentasche klaut, wenn ich die ahnungslos über einen Stuhl hänge; der eine leere Dose Gulaschsuppe ausschleckt und kaputt beißt; der sich, wenn ich abends fernsehen will, herausfordernd vor mich hinsetzt und mich anstarrt mit den großen Podenco-Ohren genau vor dem Bildschirm, und der draußen hin und her rast wie ein Pingpongball.
Nun hoffe ich, dass das so bleibt, wenn nach 10 Tagen die Antibiotikumkur vorbei ist.
Ja, das klingt seltsam. Denn das ist nicht gerade Benehmen, das man vermisst, wenn ein Hund es nicht zeigt. Aber all die Dinge gehören zu Dunya. Und eine ruhige Dunya würde ich zwar ganz toll finden, aber dann weil sie älter und weiser geworden ist und nicht, weil sie krank ist. Sie ist ja erst 9 Jahre alt, wer weiß, in 5 Jahren oder so…?

Bonita als Botschafter

Das Leid der Hunde in Spanien berührt mich sehr. Aber ich bin nicht der Typ, um vor Ort zu arbeiten, als Pflegestelle zu fungieren oder mit einem Stand an Veranstaltungen teil zu nehmen.
Ein jeder muss tun, was er kann und was zu ihm oder ihr passt. Für mich ist das die Arbeit "hinter den Kulissen", das Herausgeben der Podencozeitung, deren Reingewinn an spanische Tierheime geht, das Organisieren des jährlichen Podencotreffens in den Niederlanden und ein Stück Bewusstmachung. Und bei letzterem helfen mir meine eigenen Hunde.

Während meine Vierbeiner beim Spaziergang Katastrophen auf Pfoten sind, denen man besser aus dem Wege geht, ändert sich das schlagartig, wenn man mit ihnen durchs Dorf läuft oder Kaffee trinken geht. Dann werden es Botschafter für Den Hund schlechthin.
Seronda mit ihren eindrucksvollen Maßen lässt sich willig streicheln und gewinnt damit das Plädoyer für Den Großen Hund. Wenn jemand mich auf Flits anspricht, mit seinen 11,5 Jahren und grauer Schnauze ein distinguierter, aber immer noch fröhlicher alter Herr, versäume ich nie zu erzählen, dass er aus dem hiesigen Tierheim kommt, um auch diese Hunde ins Rampenlicht zu stellen. Bei den Leuten bleibt dann doch der Gedanke hängen „Tierheimhunde sind Klasse", und gerade das ist mein Ziel.

Vor allem Bonita zieht die Aufmerksamkeit der Leute oft auf sich, durch die Sanftmut, die sie ausstrahlt und weil sie mit ihrer stattlichen Schulterhöhe und schlankem Windhundkörper eine eindrucksvolle Erscheinung ist. Sie unterstützt mich dann auch tatkräftig bei meinen Versuchen, die Leute auf nicht allzu schockierende oder konfrontierende Art über die Situation der Hunde in Spanien zu informieren.

Bonita arbeitet nur allzu gerne mit, indem sie ihren Charme spielen und sich streicheln lässt. Und liefert damit den Beweis, dass vormalige Rennhunde ausgezeichnete Mitbewohner sind.

Im Laufe der Jahre fällt mir auf, dass immer mehr Leute schon mal von der Situation der Hunde in Spanien gehört haben. Regelmäßig fängt ein Gespräch gegenwärtig mit der Frage an, ob Bonita auch „so ein geretteter Hund aus Spanien" ist.
Was dann folgt, können ein paar Sätze sein, in denen ich erzähle, dass Bonita von der Rennbahn in Barcelona kommt und dass es Vereine gibt, die diese Hunde vom Tode retten und vermitteln. Aber es kann auch passieren, dass sich ein ausführliches Gespräch von einer halben Stunde daraus entwickelt.
Da unser Dorf vor allem im Sommer von Touristen überschwemmt wird, erreiche ich auf diese Art viele Menschen, auch von anderen Teilen der Niederlande.

Ich will nun nicht behaupten, dass diese Leute gleich ins Tierheim gehen, um einen Hund zu adoptieren oder sich an einen Verein wenden, der Hunde aus Spanien holt. Aber trotzdem… etwas bleibt immer hängen. Über die Situation in Spanien, die Tatsache, dass auch tolle Hunde im Tierheim sitzen, dass Greyhounds ausgezeichnete Mitbewohner und viele (sehr) großen Hunde keine Menschen verschlingenden Ungeheuer sind.
Und wie mich, gibt es zum Glück viele Leute, die diese Botschaft austragen, und jedes Bisschen hilft….
Und wenn dann ein paar dieser Leute, mit denen wir geredet haben, für ihren nächsten Hund zum Tierheim gehen, in den Niederlanden, in Deutschland oder in Spanien, dann tragen wir doch alle zusammen ein kleines bisschen dazu bei, dass die Hunde, die eine zweite Chance verdienen, diese auch bekommen.
Ein schöner Gedanke oder ein schwacher Trost? Das ist eine Frage des Standpunkts.

Hunde weg…

Innerhalb von einer Woche vier Mal ein Hund weg, das ist sogar für meine Verhältnisse ein Rekord. Bemerkenswert ist, dass einmal sogar mein Schatten Bonita "weg" war.

Es fing Dienstag beim Morgenspaziergang an. Seronda schnüffelte sehr interessiert am Wegrand und ließ sich nur mit Mühe zurück rufen. Da hätte ich es schon wissen müssen und sie anleinen. Tat ich aber nicht… was zur Folge hatte, dass sie durch den ausgetrockneten Bachlauf zur anderen Seite lief und in den Feldern verschwand. Drei Stunden hat dieses Abenteuer gedauert; dann kam sie zum Auto gelatscht, völlig kaputt und hinkend.

Zwei Tage später geschah dasselbe an der einzigen Stelle, wo ich bisher guten Gewissens mit ihr laufen konnte, ohne dass sie abhaute. Jetzt nicht. Hoppla, in die Felder. Weil ich keine Lust hatte, wieder drei Stunden zu warten, verfolgte ich sie. Ach, was heißt verfolgen? Schlammiges, teilweise zugefrorenes Weideland, sehr unebener Untergrund. Also kam ich nicht schnell vorwärts, und Seronda hatte ich schon nach ein paar Minuten aus den Augen verloren.
Irgendwann stapfte ich dann auch noch auf eine dünne Eisschicht, die natürlich einbrach, und das Wasser schwappte in meine Schuhe. Schön kühl, Eiswasser in den Schuhen…
Schließlich mal wieder zum Auto zurück, eine Runde um die Felder fahren.
Und da sah ich sie, weit entfernt von der Stelle, wo wir spazieren gegangen waren, aber sie kam zu mir her, und ich konnte sie ins Auto bugsieren. Dieses Mal hatte es „nur" anderthalb Stunden gedauert. Das ging ja noch.

Sonntag hatte ein Tierschutzverein einen Strandspaziergang organisiert. Nach dem Kaffee im Strandpavillon durften alle Hunde frei laufen. Wir bereiteten uns darauf vor, dass Dunya und Seronda abhauen würden, aber wir hatten ja Zeit. Dunya blieb aber eine ganze Weile bei uns (unnötig zu sagen, dass Flits und Daisy bei mir blieben!) oder kam sich jedenfalls regelmäßig melden für ihr Stück Leberwurst. Dann sahen wir sie nicht mehr.

Bonita lief, wie immer bei dergleichen Veranstaltungen, mit allerlei anderen Leuten und Hunden mit. Das ist so seltsam, dass sie während der Spaziergänge immer in meiner Nähe bleibt und gut gehorcht, aber bei den Podencotreffen oder gemeinschaftlichen Hundespaziergängen ihre eigenen Wege geht und sich taub stellt, wenn ich rufe. Und bei Dunya ist es genau anders herum.

Wir machten uns also zuerst keine Sorgen um Bonita, bis wir sie eine ganze Weile nicht mehr finden konnten. Wir liefen weit den Strand ab, aber keine Bonita.

Seronda blieb erstaunlicherweise in meiner Nähe, gehorchte wenn ich rief und kam mit allen anderen Hunden gut aus, groß und klein. Bei ihr macht es die Menge, das gilt für Menschen und Hunde. Wenn es genug sind, dann akzeptiert sie das. Probleme gibt es nur, wenn wir einem einzelnen Menschen mit oder ohne Hund begegnen.

Auch auf dem Rückweg sahen wir Bonita nicht, und auch Dunya glänzte schon eine ganze Weile durch Abwesenheit. Plötzlich sahen wir jemanden vom Verein mit Dunya an der Leine laufen. Was war denn da los? Das Gleiche wie letztes Jahr: Dunya war in den Strandpavillon stolziert, und jemand hatte sie angeleint, weil er dachte, dass sie „weggelaufen" sei. Zu ihrem Glück hatte sie in diesem Jahr wenigstens schon eine Weile rennen können, bevor das passierte.

Beim Pavillon hörte ich von Leuten, dass jemand Bonita „gefunden" hatte und mit ihr auf dem Strand lief. Ich setzte mich also auf einen strategischen Platz auf der Terrasse mit Sicht auf alles, was vom Strand kam, während Tom mit Dunya noch einmal den Strand entlang lief.

Keine Dame mit Bonita an der Leine.

Seltsam. Wie lange läuft sie bloß mit dem Hund? Mit ihrer

schlechten Kondition müsste Bonita doch inzwischen todmüde sein.
Als ich rein ging, um mir eine Tasse Kaffee zu holen, wer lag da herrlich auf einer Decke und schlief? Jawohl, Bonita. Sie war schon seit einer Dreiviertelstunde drin, während ich draußen auf sie gewartet hatte. Sie war allerdings wirklich todmüde.

Der vorläufig – hoffentlich! – letzte Zwischenfall ereignete sich gestern. Ich wollte Seronda noch eine Chance auf ihren Freilauf geben, und dass sie schließlich doch weg lief, beruhte glaube ich auf einem Missverständnis. Wir hatten nämlich noch keine 10 Minuten gelaufen, als ich merkte, dass Bonita sehr steif lief, wahrscheinlich wegen Müdigkeit, der Kälte und dem gefrorenen Boden. Für ihre von Artrose geplagten Gelenke ist das keine angenehme Kombination, darum wollte ich sie zum Auto zurück bringen.
Seronda lief in dem Moment ein ganzes Stück vor mir, kam aber brav angerannt, als sie sah, dass ich mich umdrehte (Jubeln! Leckerchen!). Nur als wir beinahe beim Auto waren, sah ich, dass sie zögerte. Was? Jetzt schon zurück?
Sie muss gedacht haben, dass der "Spaziergang" schon vorbei war und fand diesen deutlich zu kurz. Das wäre der Moment gewesen, um sie zeitweilig an zu leinen, aber wieder tat ich das nicht, und wieder verschwand sie in den Feldern.

Ich brachte Bonita zum Auto, zog mit den anderen Hunden wieder los und sah keine Seronda mehr. Nach meinen Erfahrungen vom letzten Mal erschien es mir wenig sinnvoll, noch einmal hinter ihr her zu laufen. Ich hatte aber auch keine Lust, um wieder drei Stunden in der Eiseskälte zu warten und wollte das auch den Hunden nicht antun; also fuhr ich nach Hause.
Später fuhr ich dann zurück und drehte wieder meine strategischen Runden, in der Hoffnung, Seronda irgendwo zu sehen. Da das nicht der Fall war, ging ich mit Flits und Daisy –

die Windekinder waren zu Hause geblieben – wieder los.

Nach einer Weile sah ich Flits einen Zahn zulegen; seine Ohren im Nacken, spähte er in die Felder. Tatsächlich, da lief Seronda. Allem Anschein nach hatte die Herzpatientin sich 3 ½ Stunden lang königlich amüsiert. Sie reagierte kaum, als sie mich sah, kam aber wohl in meine Richtung gelaufen. Bis über den Bauch war sie klitschnass; wahrscheinlich war sie, genau wie ich vor einigen Tagen, in einem halb zugefrorenen Bach gelandet, und die dünne Eisschicht war unter ihrem Gewicht eingebrochen. Zum Glück gibt es hier in der Nähe nur seichte Bäche und Gräben.

Auf dem Rückweg hatte sie noch genug Energie, um allerlei Gerüche zu inhalieren, und sie hätte auch ganz gern die Rehspuren noch näher untersucht, die wir – im Boden festgefroren – antrafen. Was war ich froh, dass ich sie jetzt wohl an der Leine hatte!

Abschied von Seronda

Am zweiten Weihnachtstag gingen wir morgens mit den Hunden spazieren. Wie meist in den letzten Monaten zu der einzigen Stelle, wo Seronda frei laufen konnte, weil sie dort selten weg lief und wir fast nie Menschen oder anderen Hunden begegneten. Und wie so oft, rannte sie ein Stück voraus und kam dann, als Reaktion auf meine ausgebreiteten Arme, mit wehenden Ohren zu mir zurück gerannt und bekam natürlich eine dicke Belohnung, und Frauchen jubelte.

Leider stürmte sie nach einer Weile in die Felder und ließ sich nicht zurück rufen. Schon bald war sie außer Sichtweite, im Gebüsch.

Nach einer halben Stunde sah ich sie wieder, am anderen Ende des Feldes. Wieder rufen. Sie sah mich auch, schaute mir gerade ins Gesicht, aber… rannte fröhlich in die entgegen gesetzte Richtung. Sie war wohl noch nicht fertig mit dem Abenteuer.

Anfangs machte ich mir keine großen Sorgen, denn wo wir liefen, war es sehr ruhig, keine Straße in der Nähe. Und die paar Mal, dass sie dort weggelaufen war, haben wir sie immer in derselben Umgebung wieder gefunden, auch wenn das manchmal 3,5 Stunden gedauert hatte.

Aber die Stunden gingen vorbei, und sie kam nicht zurück. Ich bin nach Hause gegangen, um Amivedi und den Tiernotdienst zu benachrichtigen. Nein, es war kein Hund gefunden worden. Tom ist bis zum Abend in immer größeren Kreisen die ganze Gegend abgefahren und gelaufen. Nichts.

Er ist sogar noch zum Heidesee gefahren, der ein ganzen Stück weit weg ist, aber auch dort war Seronda nicht.

Nach 9 Stunden kam der Anruf der Polizei: ein Hund war überfahren worden, 5 km entfernt von der Umgebung, wo wir spazieren gegangen waren. Er war tot. Noch hoffte ich, dass es nicht Seronda war, denn sollte sie wirklich 5 km gelaufen haben? Und dann noch in die falsche Richtung?

Auch die Beschreibung stimmte nicht ganz. Ein großer Hund mit schwarzem Lederhalsband, ja. Aber er sah aus wie ein Wolf? Das traf auf Seronda nicht zu.

Wir sind dorthin gefahren, und schon von weitem sahen wir die Blaulichter des Polizeiautos. Und da lag sie, auf der Straße. Sie war frontal angefahren worden, der Fahrer stand noch ganz verdattert daneben. Er hatte sie im Dunkeln nicht gesehen. Ein Mann hatte sie von seinem Haus aus gesehen und war nach draußen gelaufen, um sie zu fangen. Gerade in dem Moment sah er von der anderen Seite ein Auto ankommen. Er winkte noch, aber das sah der Fahrer nicht.

Seronda hat nicht gelitten, sie war sofort tot.

Warum? Wäre das Auto doch nur ein paar Sekunden später gekommen, dann hätte der Mann Seronda greifen können, und ich hätte einen Anruf bekommen, dass Seronda gefunden war und hätte sie mit nach Hause nehmen können.

Was ist bloß in ihr umgegangen? Die ersten Stunden wird sie ihre Entdeckungsreise sicher genossen haben. Aber später? Nach 6, 7, 8, 9 Stunden? Auf der Suche nach uns, ihrem Zuhause und in die falsche Richtung gelaufen? Hoffend und wartend auf den roten Bus, der doch immer wie eine Art Rettungsring erschien, wenn sie wieder mal abgehauen war. Aber dieses Mal kein Bus, kein Frauchen, kein Mensch.

Es tut weh, zu wissen, dass sie in ihren letzten Stunden so verlassen war.

Ich finde es Unsinn, dass man über die Toten angeblich nur Gutes sagen soll. Seronda war kein einfacher Hund. Ich hatte während der Spaziergänge viel Probleme mit ihr, weil sie trotz allen Trainings furchtbar an der Leine zog, andere Leute und Hunde anmachte und regelmäßig abhaute.

Durch ihr Verhalten hat sie nicht nur die Wahl der Stellen, wo wir spazieren gehen konnten, sehr eingeschränkt, sondern auch viel Energie und Ärgernis gekostet. Das will ich nicht beschönigen.

Ich fände es scheinheilig, dass wohl zu tun, weil sie jetzt nicht mehr lebt.

Aber es gab auch eine andere Seronda. Meine rührende, anhängliche große Bärin, die im Haus ein absoluter Schatz war. Die so herrlich ruhig in ihrem großen Korb schnarchen konnte. Die regelmäßig ihren großen Doggenkopf auf meinen Schoß legte, um ihre Streicheleinheiten zu bekommen. Die so begeistert war, wenn wir spazieren gingen, dass sie mit vier Pfoten gleichzeitig vom Boden sprang. Die nur aß, wenn ich mich neben sie setzte. Die von allen Kindern in der Nachbarschaft geliebt wurde, und das beruhte auf Gegenseitigkeit. Wenn wir von einem Spaziergang zurück kehrten, dann zog sie sofort zu den Kindern hin, die sich ums Auto drängten, um ihr ein Leckerchen geben zu dürfen. Und wie vorsichtig sie das dann an nahm mit ihrer riesigen Schnauze, aus den kleinen Kinderhänden.
Auch Besuch und Leute, denen wir im Dorf begegneten konnten einer freundlichen Begrüßung sicher sein.

Wäre sie doch bei mir geblieben… wäre das Auto doch ein paar Sekunden später gekommen… hätte sie doch nicht die falsche Richtung eingeschlagen… wäre sie doch nur gekommen, als ich sie das zweite Mal rief… hätte ich sie doch an der Leine gehabt? Nein, das Letzte nicht. Seronda liebte ihre Freiheit so sehr, dass ein Leben an der Leine für dieses Energiepaket kein gutes Leben gewesen wäre.
Sogar als wir sie nach einer halben Stunde wieder gefunden hatten, hatte sie noch die Möglichkeit, zu uns zu kommen, dann würde sie heute noch leben. Aber sie entschied sich für die Freiheit, und das ist ihr fatal geworden…

1 ¾ Jahre habe ich Seronda bei mir gehabt, hat sie nach dem Elend in Spanien Liebe und Versorgung kennen gelernt.
Zu kurz.
Was bleibt sind die Trauer und die Erinnerungen.

Wer kommt mit…?

… rufe ich so fröhlich wie möglich, denn es gießt in Strömen. Und ich weiß nur allzu gut, dass meine Damen und Herr das ganz und gar nicht mögen.

Es dauert eine Weile, bevor alle ihre Mäntel an haben. Ja, alle, denn auch Flits bekommt bei schwerem Regen gegenwärtig ein Mäntelchen an. Er findet das zwar ziemlich peinlich und fühlt sich eine Memme, aber ich denke, dass das besser ist für seine alten Knochen.

Ich selbst hülle mich in meinen beinahe bodenlangen Regenmantel und setze meinen nicht sehr vorteilhaften, aber sehr praktischen Südwester auf. Na, dann mal los.

Alle in den Garten. Alle? Nein, Dunya ist auf einmal nirgends zu sehen. Wieder ins Haus, und ja, da liegt sie schon wieder in ihrem Bettchen. Gut, dann hole ich sie später ab. Die anderen stehen draußen im Regen.

Wieder im Garten, vermisse ich Flits. Auch er hat sich wieder ins Haus geschlichen. Aber er lässt sich wenigstens nach draußen „reden".

Als ich dann endlich - inzwischen sind 10 Minuten vergangen und ich bin klatschnass – bei der Gartenpforte ankomme, ist der Hundebestand wieder auf zwei reduziert. Dieses Mal fehlt Bonita. Sie steht schon wieder zitternd bei der Hintertür, und ich muss sie mit der Leine abholen.

Endlich sind alle Hunde im Auto verstaut, und ich gehe zurück, um Dunya ab zu holen. Sie liegt immer noch im Bett. Ich versuche sie zu überreden, zeige ihr die Leine. Aber sie rollt sich nur noch weiter auf und scheint das Format eines Schoßhundes an zu nehmen in ihrem Bestreben, sich so klein und unsichtbar wie möglich zu machen. „Du hast doch nicht ernsthaft vor, bei diesem Wetter raus zu gehen…?"

Na schön, ich ziehe ihr den Mantel wieder aus und lasse sie liegen. Sie kann heute Mittag noch auf ihre Kosten kommen oder, wenn die Not wirklich hoch ist, sich entschließen, im Garten ihr „Geschäft" zu erledigen.

Endlich also unser Spaziergang, mit nur drei Hunden. Bonita läuft immer langsam wegen ihrer schlechten Gelenke und bleibt zurück; und mein eigenes Lauftempo und meine Kondition sind nun auch nicht gerade beeindruckend. Trotzdem muss ich heute nicht nur auf Bonita, sondern auch auf Flits und Daisy warten. Mit hängendem Kopf und niedrigem Schwanz latscht alles hinter mir her, ohne wirkliche Freude. Leckerchen suchen? Finden sie immer Klasse. Heute gehen sie keinen Schritt schneller dafür. "Bah, die Leckerchen sind nass, Frauchen!"

Als ich wegen der fehlenden Begeisterung meiner Mitstreiter vorzeitig umkehre, steht plötzlich alles wie EIN Hund neben mir. Und was können sie auf einmal schnell laufen, zurück Richtung Auto.

Flits hat als erster das Auto erreicht, und wenn er es gekonnt hätte, hätte er bestimmt schon mal die Schiebetür auf gemacht. Auch Daisy kann kaum warten, bis die Tür offen ist und sie ins Trockene springen kann. Alle nassen Mäntel aus und die Köpfe abtrocknen. Nur ich stehe bei all dem noch immer im strömenden Regen, während die Hunde schon Stück für Stück in ihren trockenen Körbchen liegen.

Warum gehe ich überhaupt mit diesem Wetter spazieren? Manchmal frage ich mich das wirklich. Den Hunden macht es keinen Spaß, und mir eigentlich auch nicht so recht. Das Problem ist aber, dass ich einige Hunde habe, die sich weigern, sich im Garten zu lösen. Und Bonita macht ihr Geschäft zwar brav im Garten, stellt aber sofort ihre Greyhoundsirene an, wenn ich sie allein zu Hause lasse.

Also habe ich gar keine andere Wahl.

Lilly, ein neuer Mitbewohner

Es sieht danach aus, dass sich auf leisen, aber zielsicheren Sohlen ein zweiter Podenco in mein Leben geschlichen hat, oder besser gesagt ein Podengo portuguès pequeno-Mischling. Mit einem Kopf, der an einen Papillon erinnert – und in der Beschreibung des Tierheims als „Terriermix" getarnt – stand sie im Internet.

Ja, ich wollte nach Serondas Tod wieder einen Hund aufnehmen. Aber weil ein Tierheimhund immer ein wenig ein "Überraschungspaket" ist, war ich jetzt auf der Suche nach einem kleinen Hund, bei dem eventuelle Probleme doch etwas weniger in Katastrophen ausarten als bei einem Hund von 50 oder 60 Kilo. Da ich mit Dunya schon ein Zugpferd im Hause habe, das fast immer an der Ausziehleine laufen muss, wollte ich gern einen Hund, der nach einiger Zeit frei laufen kann. Natürlich am liebsten einen alten Hund.
Aber das stellte sich als gar nicht so einfach heraus. Es waren genug alte Hunde auf den diversen Websites zu finden. Aber ein Teil kam nicht in Frage, weil er zu groß war (*sehr* schwer für mich, aber in meiner heutigen Situation vernünftig) oder weil die Pflegestelle zu weit weg war (man fährt nicht mal eben hin und zurück nach z. B. Berlin).
Und wenn man bei den Informationen über die übrig gebliebenen Hunde alle nichts sagenden Aussprachen wie "reizendes Kerlchen", "süßer Kopf", "verdient ein eigenes Zuhause" usw. außen vor ließ, dann blieb sehr wenig Information übrig, die wirklich aussagekräftig war zum Charakter und Verhalten.

Ich will damit nichts Nachteiliges über die Tierheime in Spanien sagen. Ich habe große Bewunderung und Respekt für die örtlichen Mitarbeiter und volles Verständnis dafür, dass man bei der großen Anzahl von Hunden nicht jeden einzelnen gezielt observieren kann. Aber ich wollte dieses Mal das „Überraschungsmoment" so viel wie möglich in Grenzen halten…

146

Dann fiel mir Lilly auf, damals noch Millie. Sie kommt aus einer Tötungsstation bei Gibraltar, ist von dort gerettet und in ein privates Tierheim in Spanien verbracht worden, wo sie circa 2 Monate gelebt hat und ist seit Januar 2008 in einer Pflegestelle in den Niederlanden. Dadurch waren schon viele Angaben über Charakter und Verhalten zu machen.

Das Alter stand nicht dabei. Bei Nachfrage stellte sich heraus, dass Lilly erst etwa 3-4 Jahre alt ist. Also eigentlich viel zu jung für mich und mein Rudel, in dem die Jüngste 8 Jahre ist und der Älteste 12 Jahre, mich selbst ausgenommen. Und auch ich bin keine 20 mehr…

Aber laut der Information der Pflegestelle war dieser Hund, bis auf ihr Alter, genau was ich suchte. „Läuft ruhig an der Leine, ist sozial mit anderen Hunden, kann frei laufen, ist unkompliziert und gewöhnt sich schnell ein", um nur einige Punkte aus der Beschreibung auf zu zählen.

Also habe ich mich mit leichtem Schuldgefühl – einen kleinen, jungen, unkomplizierten Hund kann man immer vermitteln; ich muss mich um die großen, alten, schwierigen, chancenlosen Hunde kümmern! – doch entschlossen, der Pflegestelle einen Besuch ab zu statten, um dieses Wunderkind kennen zu lernen, zumal Lilly als sehr ruhig beschrieben wurde.

Später entdeckte ich, wie relativ der Begriff „ruhig" ist. Für einen kleinen, jungen Hund ist sie wahrscheinlich wirklich ruhig. Aber für mich, meine Senioren gewohnt, die sich nach dem Abendessen nicht mehr bewegen – und auch sonst recht wenig, außer beim Spaziergang -, ist so ein ständig um Aufmerksamkeit heischender Pingpongball doch recht gewöhnungsbedürftig.

Ich hatte bereits einen netten Emailkontakt mit Lilly's Pflegemama und viele Fotos von Lilly bekommen, als wir am 23. Februar 2008 sehr neugierig zur Pflegefamilie fuhren. Ich war gespannt, wie Bonita reagieren würde, weil sie mit fremden kleinen Hunden ihre Probleme hat, während sie zu Daisy ausgesprochen lieb ist... vielleicht vor allem, weil man einen Malteser so gut als Kopfkissen gebrauchen kann.

Ich wusste, dass Lilly sehr ängstlich war, als sie in die Pflegefamilie kam, aber sich inzwischen gut eingelebt hatte, auch wenn sie etwas zurückhaltend gegenüber Fremden blieb.

Bei der Pflegemama wurden wir gastfreundlich aufgenommen. Auch ihre zwei eigenen Hunde begrüßten uns begeistert und freuten sich über den Besuch. Gleich neben uns auf die Couch springen und schmusen.

Aber ich kam ja für Lilly. Da stand sie dann: ein Drei-Käsehoch mit verdächtig großen Ohren. Ihre Nase und Schnauze ein bisschen schief, wodurch sie einen halben Unterbiss hat. Ihr Schwanz nur ein kleiner Stummel. Eine Rippe stach schief unter dem Fell hervor. Was sie wohl alles mitgemacht hat? Über den Rücken läuft ein Streifen mit langem Haar, was recht lustig aussieht. Wenn sie die Haare hochstellt, sieht sie ein wenig wie ein Stachelschwein aus.

Nachdem ich Lilly einen Monat zu Hause hatte, war ich noch mehr davon überzeugt, dass sie kein Terriermischling ist, sondern dass auf jeden Fall irgendwann mal ein Podengo português pequeno "mitgemischt" hat... Nicht nur ihr Aussehen, sondern auch ihr Verhalten und ihre Intelligenz lassen diese Schlussfolgerung zu.

Aber zurück zum Kennenlernen: Bei jedem Hund verläuft so was ja wieder anders. Freundlich, zurückhaltend oder ängstlich. Aber Lillys Verhalten war neu für mich. Sie bellte und knurrte mich unaufhörlich an.

Ich habe mich ihr nicht aufgedrängt, sie nicht angefasst, ja nicht einmal direkt angesehen, um keine Bedrohung dar zu stellen. Aber es nützte alles nichts.

Ich habe dort eine halbe Stunde gesessen, ohne irgendeinen Kontakt mit ihr zu bekommen. Nur Knurren. Vielleicht mag sie mich ja einfach nicht?

Trotzdem beschloss ich, sie meinem eigenen Rudel vor zu stellen. Das ging problemlos. Sogar Bonita benahm sich anständig. Wir sind dann zusammen mit der Pflegemutter und Lilly spazieren gegangen. Alle Hunde – bis auf Dunya natürlich – haben frei gelaufen, und auch das ging gut. Meine eigenen Hunde haben sie mehr oder weniger ignoriert, und auch Lilly zeigte nicht allzu viel Interesse, jedenfalls nicht in negativem Sinn.

Unterwegs habe ich Lilly ein paar Mal ein Leckerli gegeben und sie damit ohne weiteres bestechen können. Liebe geht durch den Magen, bei Lilly ganz bestimmt. Sie gewöhnt sich wirklich schnell an jemanden… der für ihr Essen sorgt. Für mich eine neue Erfahrung. So ein ganz anderer Charakter als zum Beispiel ein Herdenschutzhund, der zwar – wenn man Glück hat – höflich das Leckerli von dir annimmt, aber daran absolut keine Konsequenzen verbindet.

Wie Lilly mit Katzen umging, war nicht bekannt. Man war bei Bekannten mit einer Katze zu Besuch gewesen, da hatte Lilly die Katze zwar kurz angeknurrt, aber ansonsten kein großes Interesse gezeigt. Jedenfalls machte sie nicht den Eindruck einer ausgesprochenen Katzenkillerin.

Das schien also durchaus Möglichkeiten zu bieten, und nachdem ich auf Grund meines Vorrats an Leckerli von Lilly akzeptiert worden war, nahmen wir sie auf Probe mit, um zu sehen, wie sie auf Krieltje, meine Katze, reagieren würde. Wenn das wirklich gar nicht gehen sollte, konnte ich Lilly zurück bringen.

Die Reise, die immerhin 2,5 Stunden dauerte, hat Lilly ganz ruhig hinten im Auto verschlafen, auf ihrem eigenen Kissen und ihrer eigenen Decke, die sie von der Pflegemama mitbekommen hatte. Auch Futter hatte sie mir noch mit gegeben und Spielzeug. Das Abenteuer konnte beginnen.

Lilly's Kennenlernen von Haus und Katze

Wie üblich wenn ich mit dem Auto nach Hause komme, kam Kater Krieltje uns draußen begrüßen. Hé, neuer Hund? Sie schnüffelten aneinander, und das war's. Das läuft ja gut an. Die anderen Hunde fanden es in Ordnung, dass Lilly in den Garten lief, und sie durfte sogar ins Haus. Auch nicht schlecht.

Am zweiten Abend jagte Lilly plötzlich hinter Krieltje her, also fing ich gleich mit dem Training an. Sobald Krieltje sich sehen ließ, bekam Lilly ein Leckerchen, solange sie ruhig blieb. Leider war Krieltje doch recht ängstlich geworden und blieb meistens oben. Das dauerte drei Tage. Ab und zu holte ich ihn runter, um zu üben.
Am vierten Abend kam er wieder von sich aus nach unten, und Lilly blieb ziemlich ruhig. Nur zeigte sie noch viel zu viel Interesse an der Katze und fixierte ihn manchmal.
Ich musste die Trainingslatte also etwas höher legen: nicht hinter Krieltje her jagen, wurde nicht mehr belohnt. Nur wenn Lilly die Katze ignorierte oder ruhig schnüffelte, gab's was zu verdienen.

Lilly schläft von Anfang an in der Bench, das war sie in der Pflegefamilie gewöhnt, und das habe ich beibehalten. Für ihre eigene Sicherheit und die von Krieltje. In der Pflegefamilie ging sie nie freiwillig in die Bench. Hier schon.
Das Zauberwort heißt: Brot! Wenn sie sieht, dass ich mich vorbereite, um zu Bett zu gehen, wird sie schon ganz aufgeregt und springt zwischen mir und der Bench hin und her. Wenn ich dann „Bench" sage, springt sie hinein und bekommt ein Stück hartes Brot.
Ach, ein Podengo ist mit so wenig zufrieden, nicht wahr…
Im Laufe der Zeit wird die Bench ihr beliebtester Schlafplatz, wo sie auch tagsüber und abends aus sich selbst rein geht.

Nach einer Woche ist die "Probezeit" um, und Lilly's Adoption wird definitiv. Nun bekommt sie auch ihren neuen Namen: Lilly.

Ich gebe meinen Hunden immer einen neuen Namen als Symbol für ihr neues Leben. Weil Lilly schon so gut auf ihren Namen hörte, habe ich denselben Klang bei behalten.

Lilly folgt mir, als hätte ich mich mit Leim eingeschmiert. Auch wenn sie schläft, merkt sie sofort, wenn ich aufstehe und kommt hinter mir her. Als ich zum ersten Mal die Treppe hoch ging, setzte sie ihre Füße auf die unterste Treppenstufe und wartete, bis ich wieder runter kam.
Das nächste Mal hopste sie schon hinter mir her die Treppe herauf. Sie ist erst mein zweiter Hund, der von sich aus das Treppensteigen gelernt hat. Der erste war – natürlich! – Dunya, meine andere Podenca!

Bonita, der Schussel

Ich habe schon öfter über Bonitas Trinkgewohnheiten erzählt, wobei sie einen Schluck Wasser in die Schnauze nimmt, ein Viertel davon auf den Boden laufen lässt, dann noch ausgiebig herumläuft, wobei sie noch ein Viertel über den Boden verteilt und den Rest dann runter schluckt.

Aber ihre Essgewohnheiten sind auch nicht besser. Meine Hunde betteln eigentlich nicht. Sie haben gelernt, dass während der Mahlzeit vom Frauchen nichts zu holen ist... auch wenn Dunya schon mal fragen kommt, ob diese Regel ganz-bestimmt-ehrlich-wahr immer noch gilt, wenn für mich ein Nudel- oder Reiseintopf auf dem Menü steht.

Ausnahme von dieser Regel ist Bonita. Wenn ich mittags meine Brote mache, steht sie in der Küchentür, um ihre Schnitte in Empfang zu nehmen. Damit habe ich irgendwann angefangen, und Gewohnheiten, die ihnen zum Vorteil gereichen, schleichen sich bei den Damen nur allzu gern ein.
Ach, was soll's, betteln kann man es fast nicht nennen. Bonita steht ganz bescheiden in der Tür und wartet...
Nun könnte sie die Schnitte natürlich an ein und derselben Stelle auffressen und dann am liebsten auf den Küchenfliesen, wo ich die Krümel leicht auf fegen kann. Aber warum sollte sie? Sie nimmt die Schnitte mit ins Wohnzimmer und wählt den einzigen Läufer, der dort liegt, um mit ihrem Snack anzufangen.
So einiges an Stückchen Brot und Krümeln hinterlassend, zieht sie dann auf mindesten drei verschiedene Stellen im Zimmer um, wo sie auf dem Holzboden (wo die Krümel so schön in die Ritzen fallen) weiter frisst.
Ich selbst esse normalerweise etwas zivilisierter, aber wenn ich mit dem Mittagessen fertig bin, muss ich trotzdem immer „groß reinemachen". Hunde sind was Schönes, gell?!

Dunyas Rubrik: zu Hause geblieben

Mein Mensch schleppte wieder mal mit Taschen. Das bedeutet ein Wochenende weg oder Urlaub – bei den vielen Taschen tippe ich jetzt mal auf Urlaub. Manchmal darf ich mit und manchmal nicht. Es ist mir nie ganz klar geworden, wovon das ab hängt. Ist mir aber ehrlich gesagt auch ziemlich wurscht. Flits und Daisy sind immer richtig panisch aus Angst, dass sie nicht mit dürfen. Lilly ist erst kurz bei uns und weiß noch nicht, was Urlaub bedeutet; daher reagiert sie neutral. Bonita müsste nach 6 Jahren eigentlich schon wissen, was Urlaub bedeutet, aber tja, sie ist und bleibt halt ein Greyhound…

Und mir ist es, wie gesagt, ziemlich schnuppe. Urlaub ist schön. Zu Hause bleiben auch. Denn dann kommt Marian, die ich liebevoll Rotschopf nenne – sie hat dieselbe Haarfarbe wie ich früher; nur bei ihr bleicht die Farbe nicht so aus – und die ist echt lieb, nach Podencomaßstäben.
Das bedeutet, dass sie stundenlang mit mir spazieren geht, wobei sie sich regelmäßig verläuft, sodass ich alles neue Waldstücke zu riechen kriege; und dass sie noch nicht all meine Tricks kennt, wodurch ich manchmal unbeabsichtigt (von ihr!) frei laufen kann. Und das wollte ich erzählen: wir gingen mit ihrem Auto zur Heide. Na ja, Auto… also ein richtiges Auto ist das eigentlich nicht, kein Kleinbus meine ich, kein Dog-Mobil mit einem Gitter für uns Hunde, sondern so ein normales kleines Ding, wo ich und Flits auf dem Rücksitz sitzen sollen. Ja, wer's glaubt, wird selig!

Also, auf zur Heide. Der Rotschopf öffnet den Schlag … und erwartet doch tatsächlich, dass ich brav sitzen bleibe und warte, bis sie mir endlich die Leine um getan hat… haste gedacht!
Mensch, Mädchen, wie oft hast du jetzt schon auf mich aufgepasst? Das müsstest du aber wirklich so langsam wissen. Mit einem graziösen Sprung war ich auf dem Vordersitz und aus dem Wagen. *Nature, here I come!*

Die Heide kenne ich so langsam ja sehr gut, also habe ich mich dort nicht so lange aufgehalten und bin gleich weiter in den Wald. Ich konnte Marian und Flits noch eine Weile hören („Duuunyaaa…!") und riechen, aber es dauerte schon noch eine Stunde, bevor ich mich entschloss, zurück zu gehen.

Tja, und jetzt muss ich etwas erzählen, was für mich als intelligenten Podenco schon ein bisschen peinlich ist. Als ich auf den Parkplatz kam, erkannte ich Marians Auto nämlich nicht. Ich suchte unseren Kleinbus, sah den nicht und entschloss mich dann, nach Hause zurück zu laufen.
Aber da war der Rotschopf nicht. Flits auch nicht. Nein, die liefen natürlich noch über die Heide auf der Suche nach mir. Ich fing an zu heulen, denn ich wollte rein. Der Nachbar war zum Glück zu Hause, der hatte zwar keinen Schlüssel, aber ließ mich wenigstens in den Garten.
Nach einer ganzen Weile kamen Marian und Flits zurück, und ich stach meine spitze Podenconase durch das Gitter und begann ein Begrüßungsheulkonzert. Ich hatte auch so viel zu erzählen.

Ja, Leute, das war nun der erste Mittag des Urlaubes. Mal sehen, womit ich den Rotschopf den Rest der Woche noch austricksen kann.

Dunyas Mensch, im Namen von Dunya

Hunde mit Behinderung

Regelmäßig kommen Hunde mit einer Behinderung in die spanischen Auffangstationen, meist Hunde, denen ein Bein fehlt. Einige sind mit 3 Beinen gefunden worden; bei anderen musste in der Auffangstation ein Bein amputiert werden, weil es nicht mehr zu retten war.

Es gibt immer wieder Leute die sagen: "Diese Hunde sollte man einschläfern. Es gibt doch schon genug gesunde Hunde, die ein Zuhause suchen". Ich frage mich immer, was der Standpunkt dieser Leute ist gegenüber *Menschen* mit einer Behinderung...

Warum sollte ein Hund, dem ein Bein, Ohr oder der Schwanz fehlt oder der blind oder taub ist, weniger Chancen und weniger Recht auf ein langes und glückliches Leben haben? Im Allgemeinen können diese Hunde, wenn sie sich einmal an ihr Handicap gewöhnt haben, prima damit umgehen und ein langes und glückliches Hundeleben genießen.

Aber es gibt auch die andere Seite: Leute die sich ganz bewusst für einen solchen Hund entscheiden, weil er ihnen Leid tut und die ihn dann dementsprechend behandeln, sprich verwöhnen. Nach einer Weile sind sie dann ganz enttäuscht, weil sich ihr „behinderter" Hund zu einer Art Haustyrann entwickelt hat und von „Dankbarkeit" keine Spur.

Warum? Weil auch ein behinderter Hund eben ein *Hund* ist, mit allen dazu gehörenden Charaktereigenschaften und Verhalten. Darum muss er auch als Hund behandelt werden. Er braucht Umgangsregeln, Deutlichkeit und Erziehung wie jeder andere Hund, auch wenn man natürlich in praktischem Sinn auf seine Behinderung Rücksicht nehmen muss.

Taube Hunde muss man Sichtzeichen lehren; blinde Hunde müssen im neuen Zuhause lernen, sich zurecht zu finden, und man selbst muss sich daran gewöhnen, dass alles im Haus am selben Platz stehen bleibt, sodass der Hund nicht überall gegen an läuft.

155

Hunde mit drei Beinen haben vielleicht mehr Probleme mit der Treppe und können weniger lang spazieren gehen, obwohl es auch „Dreibeinchen" gibt, die so schnell rennen, dass ihre Behinderung kaum auffällt.

Auch wenn uns Menschen Hunde mit drei Beinen Leid tun und wir die Neigung haben, sie zu beschützen, sind gerade diese Hunde oft recht wehrhaft und können anfangs sogar ziemlich giftig auf andere Hunde reagieren und/oder besonders ihr Futter verteidigen. Auch das lässt sich leicht erklären. Denn für behinderte Hunde ist es in einer Auffangstation oft schwerer, an Essen zu kommen, und so müssen sie ihre „Beute" verteidigen.

Ein behinderter Hund kann lieb sein, ängstlich, scheu, scharf, ausgelassen oder in sich gekehrt, wie jeder andere Hund auch. Man muss auf seine Vergangenheit Rücksicht nehmen, seine Erfahrungen, und natürlich darf man die praktischen Einschränkungen, die seine Behinderung mit sich bringt, nicht unterschätzen.
Aber in erster Linie ist auch ein Hund mit Behinderung ganz einfach ein *Hund*. Und zwar ein Hund, der genau so viel Anrecht hat auf ein eigenes Zuhause, unsere Liebe, Zuwendung und unser Verständnis, aber eben auch auf Deutlichkeit und Routine, wie jeder andere Hund auch!

Kühe

Meine Hunde sind ziemlich "Kuh-proof". Nur wenn die Tiere rennen, will Flits schon mal entlang der Weide mitmachen. Bonita beugt dann ihre Vorderpfoten, um die Kühe zum Spiel auf zu fordern. Ahhh…

Aber ich hatte keinen Moment daran gedacht, dass Lilly anscheinend noch nie eine Kuh gesehen hatte.

Als ich neben der Weide mein Auto abstellte, kamen die Kühe alle an galoppiert. Ein Mensch, ein Auto und dann noch fünf Hunde, das sieht man als Kuh in Drenthe manchmal in einer ganzen Woche nicht, also davon muss man profitieren.

Lilly ging ganz nahe an den Weidezaun. Was ist das? Kein Hund und kein Pferd, also erst mal bellen! Ich rief sie, aber sie gehorchte nicht, sondern lief unter dem Zaun durch. Das ist sonst gar nicht ihre Art.

Weil es wirklich gefährlich für sie wäre, zwischen den Kühen herum zu laufen, habe ich sie korrigiert, zu ihrer eigenen Sicherheit. Lilly war beeindruckt und warf sich sofort auf den Rücken.

Als wir vom Spaziergang zurück kamen, standen die Kühe wieder – oder immer noch – am Zaun in Erwartung des spannenden Intermezzos. Lilly lief ihnen ein Stück entgegen… und kam zu mir zurück. Also Jauchzen meinerseits und ausgiebig belohnen.

Wir sind dort eine Weile geblieben, weil Bonita noch im Wasser spielen wollte, und all die Zeit hat Lilly immer wieder ihre Aufmerksamkeit von den Kühen auf mich verlegt, und sie ist nicht mehr auf die Weide gegangen.

Ich jauchzte also weiter… und weiter… und weiter. „Bestimmt wieder so ein blöder Tourist", müssen sich die Kühe gedacht haben…

Nach ein paar Tagen ging ich wieder zu derselben Stelle, um fest zu stellen, ob Lilly ihre „Lektion" gelernt und behalten hatte. Tatsächlich, sie lief ein kleines Stückchen Richtung Weide und kam dann brav zu mir zurück für ihre Belohnung!

Black and tan

Dunya hat wieder mal ihren Charme spielen lassen. Mit ihrem Herz erweichenden "Ich darf auch nie was"-Blick, der selten sein Ziel verfehlt, und mit hängenden Ohren schaute sie Tom an.
Tom ist mindestens genau so empfänglich wie ich für den Charme meiner spanischen Schönheit, also kam er zu mir mit der Mitteilung: „Dunya fragt, ob sie frei laufen darf heute Mittag…".
Gesagt, getan. Obwohl Dunya die letzten Jahre viel ruhiger geworden ist und meist mehr oder weniger in unserer Nähe bleibt, sodass sie am Ende des Spaziergangs angeleint werden kann, weiß man es doch nie mit Sicherheit. Denn manchmal läuft sie doch noch „kurz" in die Felder, und das kann dann schon mal zwei Stunden dauern.

Weil es für Bonita zuviel ist, um in dieser Hitze so lange unterwegs zu sein, habe ich Tom mit Dunya und Flits an der Stelle abgesetzt, wo sie laufen wollten (wegen des jungen Wildes nicht im Wald, sondern bei einem Kanal!) und ging selbst mit dem Rest der Hunde zu einem Heidesee.
Zumindest war das der Plan. Das letzte Mal hatte ich schon vom Weg ab das Wasser glitzern sehen. Jetzt glitzerte nichts…
Wegen der großen Trockenheit in den letzten Wochen war die Hälfte des Sees pulvertrocken. Aber es war doch noch genug Wasser übrig, um die Hunde ein wenig ab zu kühlen. Nur war es sehr seicht, sodass sie eigentlich nur die Pfoten nass machen konnten und schon kurz unter der „Wasseroberfläche" die Schlammlage anfing.
Und das wurde mir schon bald klar. Lilly ging nur mit den Fußen rein, das ging also noch. Aber Bonita legte sich natürlich ganz ins kühle Nass, und als sie wieder aufstand, war ihr Fell von Sandfarben in Black and Tan umgewandelt, wobei die zwei Farben von einer geraden Linie etwas über ihrem Bauch voneinander geteilt wurden. Oder anders gesagt: Pfoten und Bauch waren pechschwarz!

Daisy hatte noch schlimmer gewütet, sie hatte sich im Wasser, oder besser gesagt im Schlamm, gewälzt und sah aus wie ein Schoonebeeker Heideschaf: weißer Körper mit schwarzem Kopf und schwarzen Füßen.

Zum Glück ist Bonitas Fell selbst reinigend; dadurch war sie nach ein paar Stunden wieder makellos sauber, aber Daisy musste ich baden, um den klebenden Torf ab zu waschen.

Ich schlenderte noch ein bisschen über die ausgetrocknete Torffläche, als ich ein seltsames Geräusch hörte. Es klang wie Hecheln, also schaute ich gleich zu Bonita, aber sie war es nicht. Dann steckten alle drei Hunde ihre Nasen ins Schilf, und das Geräusch wurde lauter. Es war ein Mittelding zwischen dem Hecheln eines großen Hundes und dem Fauchen einer Katze, klang also in etwa wie ein böser Schwan. Aber ich habe hier noch nie Schwäne gesehen. Wohl Enten. Gerade erst waren ein paar in aller Ruhe vor uns her ins Wasser gewatschelt.
Vielleicht war es ja eine brütende Ente, denn das Tier kam nicht aus seinem Versteck. Obwohl ich eigentlich neugierig war, um welches Tier es hier ging, rief ich die Hunde zu mir und ging zurück. Denn ob Ente oder Schwan, auf jeden Fall könnte das Tier die Hunde verletzen… oder umgekehrt. Und allein konnte ich auch nicht zurück gehen, um nach zu schauen, denn dann wären die Hunde wieder mit gekommen. Es bleibt also leider ein Rätsel, wer oder was da im Schilf hechelte und fauchte…

Erfrischt und zufrieden – zumindest die Hunde! – kehrten wir zum Auto zurück und konnten die zweite Gruppe Spaziergänger abholen. Dunya war nämlich ganz brav. Am Ende des Spaziergangs rief Tom sie, und sie kam brav zu ihm, um sich anleinen zu lassen. Oder eigentlich, weil sie dann die Käsedose leer essen durfte, aber das Anleinen nimmt sie dann vorlieb.

Bonita und das Kaninchen

He... ist das nicht ein Ka-nin-chen, das da über den Weg hoppelt?? Ich glaube, ich müsste da eigentlich irgendwie hinterher, oder? Von wegen Sighthound und so.
Guck mal, Flits, Daisy und Lilly sind schon unterwegs, und Dunya steht auch auf ihren Hinterbeinen an der Leine.
Hm... das rennt aber ganz schön schnell! Wenn ich noch lange warte, dann kann ich es bestimmt nicht mehr einholen.

Siehste, jetzt ist es weg. Schade...?! Chance verpasst?
Ach, die Rennerei ist aber auch so was von ermüdend.
Ääähh... Frauchen, hast du vielleicht noch so einen leckeren Käsekeks für mich?

Lilly – wie es weiter ging

Das kleine spanische Mädel entwickelt sich gut. Ich muss mich nur daran gewöhnen, dass sie, verglichen mit meinen anderen älteren Hunden, sehr beweglich ist und viel Aufmerksamkeit fordert. Aber langsam kommen wir einander auf halben Weg entgegen: sie wird etwas ruhiger, und ich gewöhne mich daran, einen jungen Hund im Hause zu haben.

Lilly geht sehr gern spazieren, aber wenn ich mit Halsband und Leine ankomme, dann macht sie furchtbares Theater. Sie wurschtelt rum, legt sich auf den Rücken; kurz, es ist eine Ochsentour, das Halsband um zu kriegen.
Ich ignoriere tapfer dieses Verhalten und lehre sie, dass wir nur spazieren gehen, wenn sie sich ruhig hinsetzt und sich das Halsband umlegen lässt.
Ich bin von meinen spanischen Hunden gewohnt, dass es echte Gierschlunde sind, aber Lilly ist noch schlimmer. Noch nie habe ich einen Hund so schnell fressen sehen. Ich kaufe größere Brocken für sie, damit sie kauen muss, menge manchmal Wasser durch die Brocken oder tue sie in einen Activity ball, kurz: ich tue alles, damit sie etwas ruhiger frisst. Viel Erfolg habe ich damit nicht, denn anstelle von 5 Sekunden braucht sie jetzt 10 Sekunden, um ihre Mahlzeit zu verschlingen…

Dass Lilly ein Hund mit Schneid ist, hatte ich gleich bei der ersten Begegnung gecheckt. Aber sie fängt jetzt doch an, ein wenig zu viel Schneid zu bekommen. Gestern hat sie Krieltje durch den ganzen Garten gejagt. Alle Hunde waren im Garten, weil wir uns gerade zum Spaziergang aufmachten. Da kam Kriel auf einmal in den Garten. Lilly ging zu ihm hin, er rannte weg und Lilly hinterher, bis dass Krieltje über den Holzaun flüchten konnte.
Ich habe Lilly aufgehoben und ohne ein Wort zurück ins Haus gebracht. Unerwünschtes Verhalten = kein Spaziergang. Ich bin im Allgemeinen kein Befürworter von Strafe. Aber selbst

belohnendes Verhalten muss manchmal korrigiert werden, am besten – wie jetzt bei Lilly – bevor es sich zur Gewohnheit entwickelt hat. Daher meine Reaktion.

Zum Glück hat sie diese „Lektion" schnell gelernt. Ihre Intelligenz ist dabei von Vorteil. Es ist inzwischen schon ein paar Mal passiert, dass Krieltje in den Garten kam, wenn wir gerade zum Spaziergang aufbrachen, und bisher hat Lilly ihn nicht mehr gejagt. Ab und zu eine kleine Bewegung Richtung Katze, dann sofort einhalten und mich anschauen („Oh ja, das darf ich nicht, gell?"). Und dann wird sie natürlich ausgiebig belohnt.

Es gibt allerdings ziemliche Rangeleien zwischen Daisy und Lilly, vor allem wenn Lilly anfängt zu rennen. Meine Vorstellung von den zwei Kleinen, die schön miteinander rennen und spielen, verwirklicht sich leider nicht.

Auch Lilly's Verhalten fremden Hunden gegenüber ist problematisch. Wenn sie frei läuft, rast sie bellend drauf zu; ist sie an der Leine, gebärdet sie sich wie eine Furie.

Lilly hat Angst vor Menschen. Wenn jemand sich ihr nähert, reagiert sie mit Bellen und Knurren. Der problemlose Hund aus der Pflegefamilie mutiert bei mir zu einer Art Piranha. Oh nein, das hatte ich doch schon mit Seronda! Das will ich nicht noch mal mitmachen!

Jedenfalls muss ich dran arbeiten, denn auch Radler, Jogger und Reiter sind nicht vor ihr sicher. Weil sie völlig aufs Essen fixiert ist, lasse ich jetzt jeden, der sich ihr nähern will, vorsichtig ein Leckerli geben oder auf den Boden werfen. Auf die Art habe ich auch Bonita an Menschen gewöhnt, und ich denke, dass es auf die Dauer auch bei Lilly klappen wird. Sie braucht nicht jeden Menschen als Freund zu sehen, aber es ist doch ganz gut, wenn sie nicht sofort knurrt und schnappt, wenn sie unerwartet von jemandem gestreichelt wird (was man beinahe nicht verhindern kann).

Man braucht halt viel Geduld. Jemand den sie schon kennt und der ihr schon ein Leckerchen aus der Hand geben darf, wird auf einmal wieder bedrohlich, wenn er einen Hut auf hat…

Das Problem der Radler und Jogger gehe ich auch mit Leckerli an. Lilly's Aufmerksamkeit auf mich richten und sie belohnen für gewünschtes Verhalten. Im Laufe der Zeit klappt das prima. Nur beim Kontakt mit fremden Hunden klappt es leider (noch?) gar nicht.
Toll, dass Lilly so problemlos frei laufen kann, weil sie prima gehorcht. Um zu vermeiden, dass sie ein „richtiger" Podenco wird, rufe ich sie ab und zu, auch wenn sie nicht weit weg ist, sodass ich ihr Kommen belohnen kann.
Lilly ist unglaublich schlau. Sie wollte Spielzeug aus dem Korb holen, aber der ist für sie viel zu hoch. Was macht sie? Springt einfach selbst in den Korb, holt ein Spielzeug raus, fertig.

Lilly hilft, wie früher Dunya als sie noch jung war, bei der Gartenarbeit. Wenn ich Unkraut gejätet habe, holt Lilly es aus dem Korb heraus und verteilt es durch den Garten. Und die Plastikfolie, die ich im Winter gebrauche, um meine Pflanzen ab zu decken, macht auch viel Spaß. Sie wird in kleine Stückchen zerlegt und natürlich auch im Garten verteilt.
Auch die Schafwolle, die ich spinne, ist eine Quelle des Vergnügens für Lilly. Wenn ich die Wolle sortiere, werfe ich die Abfallstücke zeitweilig auf den Boden, um sie später auf zu räumen.
Aber Lilly findet die Wollreste zu schade um weg zu werfen, man kann noch so schön damit spielen. Die Wolle wird auseinander gezogen, und dann darf ich am Ende durch den ganzen Garten die Wolle einsammeln. Was heißt denn da Podenco…

Frühling

Nachdem der Frühling in diesem Jahr lange auf sich warten ließ, hat er dann doch endlich Einzug gehalten mit frischem Grün, Knospen an den Sträuchern und den ersten Farben der Frühlingsblumen. In dieser Jahreszeit bin ich nicht zu halten und fange begeistert mit der Gartenarbeit an.

Dass die Temperaturen, typisch für unser Land, recht stark steigen, stört mich dabei nicht. Und am Anfang macht auch Bonita mit, die mich hechelnd, aber tapfer auf Schritt und Tritt begleitet. Bei schönem Wetter liegen immer Kissen an verschiedenen Stellen im Garten, sodass ich Bonitas Bedürfnis, bei mir zu sein, befriedigen kann, ohne dass sie allzu viel stehen und ihre Gelenke belasten muss.

Auch Daisy und Lilly sind meist dabei, wobei Daisy sich irgendwo hin legt – lieber faul als müde – und Lilly auf Podencoart mich bei der Gartenarbeit unterstützt. Heute besteht diese Unterstützung daraus, alles Unkraut, das ich gerupft habe, wieder aus dem Eimer zu holen und durch den ganzen Garten zu schleppen.

Ich bepflanze ein Beet mit Heide, die vom Vorgarten übrig geblieben ist und will mir, nachdem ich eine Stunde woanders gearbeitet habe, das Resultat noch mal zufrieden anschauen. Aber was ist das? Hatte ich wirklich allerlei Löcher zwischen die Heide gegraben? Wohl eher nicht! Lilly natürlich! Frisch um gewühlter Erde kann sie absolut nicht widerstehen. Es erinnert mich an Dunya, die in ihren jungen Jahren mit Begeisterung meinen gesamten Garten verwüstet hat. Zum Glück gräbt Lilly wenigstens keine Pflanzen aus.

Also seufzend die Löcher wieder mit Erde auffüllen, bis zur nächsten Aktion…

Als ich nach einer Weile um mich herum schaute, waren die Pflanzen die einzigen lebenden Seelen in meinem Garten. Wo waren die Hunde? Sogar meine drei „Schatten" sind nirgendwo zu sehen.

Neugierig schleiche ich mich ins Haus. Da liegen sie. Daisy sehe ich als erste, sie liegt auf der Matte in der Küche. Flits hat auch bei den sommerlichen Temperaturen von 35 Grad seinen Wachplatz bei der Haustür nicht verlassen.

Dunya liegt in ihrer Bench, Bonita im Himmelbett, und Lilly hat ihre eigene Bench für eine Siësta ausgesucht.

Was sind meine Hunde doch vernünftig. Vernünftiger als ich jedenfalls.

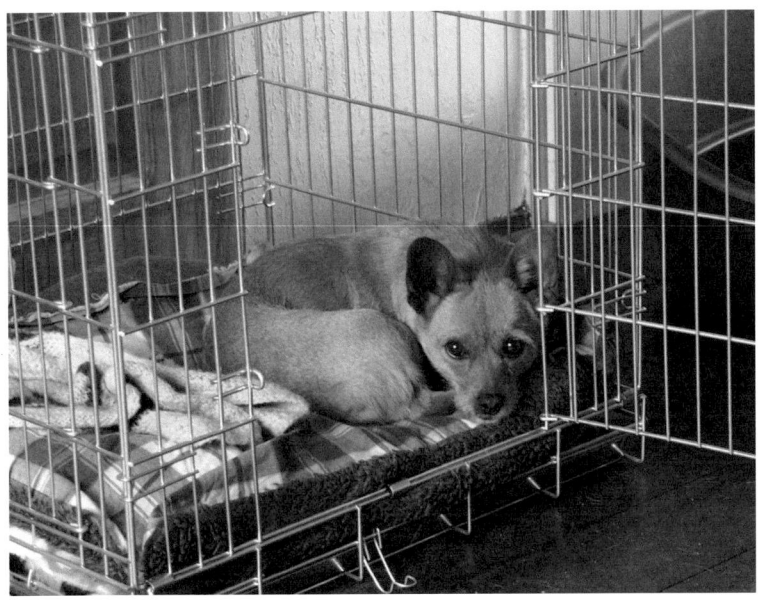

Förster, Bauern und Podencos -

(keine gute Kombination) ...

Wir hatten uns mit Bekannten getroffen, um mit den Hunden spazieren zu gehen. Das ist immer eine Freude, denn insgesamt rennen und spielen dann 9 Hunde durcheinander.

Das Ziel unseres Spazierganges, ein Heidesee, war nicht mehr erreichbar. Der Weg dorthin stand wegen der schweren Regenfälle der letzten Wochen vollständig unter Wasser; und wenn ich sage „unter Wasser", dann meine ich damit, dass er auch mit wasserdichten Schuhen nicht begehbar war und dass Bonita bis zur Hälfte ihrer langen Beine im Wasser stand.

Auf dem Spazierweg, den wir dann schließlich einschlugen, sah ich das Auto des Försters anhalten. Oh ... oh... Die Hunde, worunter einige Podencos und –mischlinge, schossen fröhlich in den Wald hinein und wieder heraus. Gerade in dem Moment, wo der Förster ausstieg, schoss Dunya aus dem Wald und spornstreichs an ihm vorbei. Nicht so gut, Mädchen!

Er sprach uns dann auch prompt an und meinte, die Hunde müssten angeleint werden, sonst bekämen wir eine Geldbuße. Die Hunde würden das junge Wild stören. Ich hatte keine Ahnung, dass es schon junges Wild gab, sonst hätte ich Dunya nicht im Wald frei laufen lassen.

Dies ist allerdings ein Gebiet, in dem die Hunde frei laufen dürfen. Sie müssen auf dem Pfad bleiben und dürfen nicht in den Wald, damit hatte der gute Mann völlig Recht, aber an die Leine brauchen sie nicht. Leider wurde der gute Eindruck von den Hunden, die brav in unserer Nähe waren, von den anderen, die durch den Wald rasten, zunichte gemacht.

Eine kurze Diskussion über Freilauf, unter Kommando stehen oder angeleint laufen müssen, brachte leider nichts. („Wo soll ich meine Hunde dann laufen lassen?" – „Auf einem Acker!") Für den Förster ist es ein Heimspiel, und man zieht immer den

166

Kürzeren. Also leinte ich alle Hunde an. Dunya kam zufällig sofort, als ich sie rief. Zum Glück, sonst hätte ich sicher doch noch eine Geldbuße bekommen.

Nach einigen Wochen fand ich es doch schade, dass Dunya nicht mehr frei laufen konnte und machte mich auf die Suche nach Alternativen, um ihr ihre Bewegung zu gönnen. Ein Sandweg entlang einem Kanal, auf der anderen Seite offene Felder, bot Möglichkeiten. Wochenlang ging das auch prima. Dunya blieb sogar meistens in Sichtweite und kehrte mit uns zusammen zum Auto zurück.

Bis zu dem Mal, wo sie im Gestrüpp verschwand... Ich lief ein Stück am Feld entlang, ohne sie zu sehen, und dachte mir, dass ich am besten ein Stück übers Feld laufen kann, um eine bessere Übersicht zu bekommen. Zusammen mit Daisy zog ich los.

Der Acker war nicht bebaut; es war eigentlich nur kurz gemähtes Gras, und ich lief dicht an einem Graben entlang, sodass ich den eigentlichen Acker kaum betreten habe. Ich dachte also, dass ich nicht viel Unheil anrichten könnte.

Praktisch aus dem Nichts tauchte auf einmal ein Mann auf, der mich fragte, ob ich „Zustimmung" hätte (Zustimmung für WAS?). Ich hätte es mir ja denken können. Dies sind die Niederlande, und alles gehört „irgendwem". Kein Quadratmeter Boden, auf dem man ungestraft laufen darf.

Ich hatte Lust zu sagen, dass der Förster mir geraten hatte, auf dem Acker zu laufen mit den Hunden. Aber ich dachte mir dann, dass ich mir den Mann wohl besser nicht zum Feind machen sollte, und entschuldigte mich sofort, weil ich anscheinend auf seinem Land lief.

Ich hörte sozusagen den Wind aus seinen Segeln gehen, und es folgte ein ruhiges Gespräch, in dem ich erklärte, dass mein Hund ins Feld gelaufen war und ich sie suchte. Und der Bauer – denn als solcher stellte sich der Mann heraus – erzählte mir, dass hier oft mit Hunden gewildert wird und dass er darum mal nach sehen wollte. Ich sagte wahrheitsgemäß, dass ich mit meinen Hunden nicht jage. Daisy war der beste Beweis für die Richtigkeit meiner Behauptung, denn als Malteser ist sie ja nun nicht gerade der Inbegriff eines Jagdhundes.

So trennten wir uns also in Frieden, und kurz darauf hielt der Bauer sein Auto an und rief, dass er Dunya sah. Sie stand dort auf dem Acker und ersparte mir eine totale Blamage, indem sie sofort kam, als ich sie rief (Dem Himmel oder wem auch immer sei Dank!).

Ich sage manchmal halb scherzend, dass man mit einem Podenco besser in Amsterdam wohnen kann als auf dem Lande, weil es dort kein Wild, keine Förster und Bauern gibt. Aber etwas Wahres ist schon dran…

Dunyas Rubrik: Beschwerden

Tut mir Leid, Leute, aber ich muss mich jetzt mal beschweren. Mein Mensch hat euch erzählt, dass wir dem Förster begegnet sind? Na ja, jedenfalls gehen wir seitdem nicht mehr an den Heidesee, wo ich immer frei laufen durfte.

Letztens fuhren wir wieder dort hin, nach *Wochen*. Da kam Freude auf. Aber nichts war. Packt mein Mensch die Flexileine, Mensch, war ich sauer…

Wir haben jetzt eine Alternative, wo ich frei laufen darf, ist aber viel weniger schön. Praktisch kein Wild. Auf der einen Seite ist ein Kanal, also da läuft nichts, und auf der anderen Seite etwas Gebüsch und ansonsten nur kahle Felder. Da kann sich kein Reh oder Kaninchen drin verstecken.

Weil man sich als Podenco ja schließlich irgend was ausdenken muss, um zum Zuge zu kommen, begebe ich mich manchmal nach dem Spaziergang in eben diese Felder. Jedenfalls kann ich da ein paar Mäuse fangen. Mein Mensch gönnt mir selbst das nicht, und seit ich letztens wieder mal 3 Stunden weg geblieben war, durfte ich den Rest der Woche nicht mehr frei laufen. Blöd!

Als ich das erste Mal in die Felder rannte, kam mein Mensch hinter mir her. Aber sie wurde von dem Bauern, von dem das Land war, zurecht gewiesen (geschieht ihr Recht!) und jetzt traut sie sich nicht mehr.

Jedenfalls der Bauer hatte ein Einsehen mit mir: er hat beim Eingang in die Felder jetzt Stacheldraht gespannt. Natürlich nicht meinetwegen, sondern um meinen Menschen aus dem Feld zu halten. Das ist jedenfalls ein Lichtblick. Jetzt steht sie da hinter dem Stacheldraht, schaut dumm aus der Wäsche und ruft mich. Aber ich komme erst, wenn ich Lust dazu habe.

Oh ja, wo ich nun doch schon beim Beschweren bin: Der neue Hund, den mein Mensch aufgenommen hat, scheint ein Podencomischling zu sein. Oder eigentlich ein PodenGo-

mischling. Ja, komisch, aber die portugiesische Varietät muss dann auf einmal mit einem „G" geschrieben werden. Jedenfalls, Podenco oder Podengo, doch meine Sorte, sollte man meinen. Was Schnelligkeit und Intelligenz betrifft stimmt das auch. Sie ist ein pequeno, was „klein" bedeutet; sie hat so eine Art Dackelbeine und kann dadurch nicht so schnell rennen wie ich, aber für so eine kleine Maus ist sie doch ganz schön schnell.
Nur kommt sie mit der gleichen Schnelligkeit zu meinem Menschen zurück, wenn die sie ruft. Also zusammen los ziehen kannste vergessen.
Nun weiß ich nicht, ob das kommt, weil sie nur ein Mischling ist; vielleicht fehlt ihr gerade das Stückchen Podenco, wo das Weglaufen drin steckt. Kann doch sein. Schade!

Und jetzt hat mein Mensch auch noch einen Sonnenschirm geschenkt gekriegt, den sie mitten auf der Terrasse aufgestellt hat. Jetzt kann ich nur noch ein paar Stunden am Tag in der Sonne liegen. Mein Mensch sagt, das wäre besser für mich. Was weiß die denn schon…

Dunyas Mensch, im Namen von Dunya

Flits als „Therapiehund"

Flits ist jetzt beinahe 13 Jahre alt. Außer einer schwachen Hinterhand ist er noch gesund. Früher konnte er fremden Hunden, vor allem Rüden, recht unfreundlich begegnen. Oft verstärken bestimmte Charakterzüge sich ja, wenn ein Mensch oder Tier älter wird. Daher fürchtete ich mich, was das betrifft, ein wenig vor Flits' Verhalten im Alter.

Seltsamerweise ist aber das Gegenteil der Fall: Flits ist milder geworden. Sein scharfes Macho-Gehabe ist etwas verblasst, und er ist jetzt noch liebenswerter als er schon war. Im Urlaub kann er jetzt problemlos über den Strand laufen, ohne dass er mit anderen Hunden Streit anfängt. Heute sind wir einem Dackelwelpen begegnet. Sein Frauchen fragte mich, ob meine Hunde freundlich sind, weil ihr Welpe etwas ängstlich ist, nach schlechten Erfahrungen mit großen Hunden.

Vertrauensvoll wählte ich Flits aus, um mit dem Welpen Bekanntschaft zu schließen. Und mein Vertrauen war gerechtfertigt. Der Welpe war etwa so groß wie Flits' Kopf, aber Flits behandelte ihn so behutsam, dass das Schwänzchen von dem kleinen Ding begeistert zu wedeln anfing. Eine gute Sache, um den negativen Erfahrungen mit großen Hunden einige positive entgegen zu setzen. Für eine davon hatte Flits jetzt schon mal gesorgt, und das Frauchen dankte mir herzlich.

Dasselbe milde Verhalten hat Flits – und auch meine anderen Hunde – alten Menschen gegenüber. Unser Dorf ist oft Ausflugsziel für alte Leute oder Gruppen geistig oder körperlich behinderter Menschen. Es tut mir immer wieder gut zu sehen, wie begeistert diese Leute auf meine Hunde reagieren und wie vorsichtig und lieb vor allem Flits und Bonita mit ihnen umgehen. Flits zaubert bei einer Frau, die gerade noch brummig in ihrem Rollstuhl saß, ein Lächeln aufs Gesicht, wenn er sie begrüßt. Ein körperlich behinderter Junge ist ganz glücklich, als er Flits streicheln darf, und die etwas unkoordinierten Bewegungen des Jungen lässt Flits sich ruhig gefallen.

Eine alte Frau mit elektrischen Rollstuhl verlässt ihre Gruppe, als sie uns sieht. Sie kommt zu uns und bückt sich runter zu Flits, der ihr freundlich das Gesicht abschleckt. Vielleicht nicht hygienisch, aber die Frau stahlt übers ganze Gesicht und hat wieder einen glücklichen Moment gehabt.

Was sein Aussehen betrifft, ist Flits ein völlig unauffälliger Hund, aber charakterlich ist er etwas ganz Besonderes!

Es war einmal eine Hüfttasche…

Ich denke, dass Dunya meine Berichte, wie brav sie geworden ist, langsam auf den Geist gingen. Da musste was geschehen. Es fiel mir angenehm auf, dass Dunya sich nach dem Essen und ihrer Möhre-als-Dessert erstaunlich schnell zurück zog.
Ins Haus, wo meine Hüfttasche auf dem Tisch liegt. Nicht nur heute, sondern immer wenn schönes Wetter ist, ohne dass Dunya jemals Interesse daran gezeigt hätte. Die Hüfttasche, die ich schon seit Jahren habe und die so praktisch ist wegen der vielen Fächer.

Nun, sie ist jetzt etwas weniger praktisch, denn sie hat ein Fach weniger. Ja, das Fach, in dem ich die Hundenleckerli aufbewahre. Dieselben Leckerli, vor denen Dunya draußen die Nase rümpft; die Leckerli, die ich schon mal aus Versehen die ganze Nacht auf dem Tisch habe liegen lassen und die morgens noch immer dort lagen, waren jetzt der Anlass, die Tasche mal einer Generalüberholung zu unterziehen.
Und was Dunya macht, das macht sie gut. Und gründlich.

Als ich ins Haus kam, fand ich Dunya in ihrem Korb, mit der zerfetzten Hüfttasche und meinem Handy neben sich. Ich kann noch von Glück sagen, dass sie das nicht auch kaputt gemacht hat (mein letztes Handy ist ihren starken Zähnen zum Opfer gefallen).
Zum Glück war auch meine Brieftasche nicht interessant genug für eine nähere Inspektion, sodass ich noch in Besitz meines Passes und der Autopapiere bin! Na also, wer sagt denn, dass Dunya nicht doch Rücksicht auf mich nimmt…

Daisy in der Großstadt

Nach 15 Jahren Drenthe bin ich ein richtiges „Landei" geworden. Dennoch macht es mir Spaß, ab und zu meine Tochter Mira und Freunde in Rotterdam zu besuchen. Die dazu gehörige Zugfahrt erfahre ich als recht stressig. Seitdem man in den Zügen nicht mehr rauchen darf, ist das nicht gerade besser geworden.
Aber ich habe einen tollen Reisegenossen: Daisy.

In den 8 Jahren ihres Lebens ist sie nur ein paar Mal mit mir in die Stadt gefahren; aber auch wenn es Jahre her ist, es ging wiederum problemlos. Auf der Hinfahrt mussten wir zwei Mal umsteigen, im Gegensatz zu dem, was die Reiseinformation der Bahn und das Internet mich glauben lassen wollten, und mit Rucksack, Tasche und Malteser unterm Arm zum Zug rennen, gehört nicht zu meinen Lieblingsbeschäftigungen.

Aber alles ging glatt. Ich hatte ein Handtuch für Daisy mit. Sie kennt das „Platz"-Kommando, und wo ich das Handtuch auch hinlegte, sie legte sich brav drauf. Erst neben mir im Zug, immerhin eine Reise von insgesamt 3 Stunden. Danach mussten wir noch eine ganze Weile mit der Straßenbahn, auch relativ neu für Daisy. Sie machte es sich auf meinem Schoß gemütlich, allerdings mit ziemlichem Herzklopfen. Denn es war ihr doch recht unheimlich.

Der nächste Tag war auch gut ausgefüllt. Wir hatten uns mit Freunden verabredet und waren praktisch den ganzen Tag unterwegs. Durch die Stadt laufen, Einkaufsbummel, ab und zu auf der Suche nach einem winzigen Stückchen Grün, sodass Daisy sich lösen konnte… was nicht einfach ist im Zentrum von Rotterdam. Meistens musste sie sich mit einem kleine grünen Kreis um einen Baumstamm herum begnügen. Die mitgenommen Kotsäckchen leisteten gute Dienste…
Zwischendurch ließen wir uns auf Caféterrassen nieder, Daisy brav auf ihrem Handtuch, und schauten uns die Leute an.

Nachdem wir abends auch noch zu Besuch bei einer Bekannten gewesen waren, war Daisy kaputt, obwohl sie nicht mal einen „richtigen" Spaziergang bekommen hatte. Alle Eindrücke wurden in ihrem Träumen verarbeitet, sie bellte leise und zuckte mit den Pfoten.

Am nächsten Tag gingen wir an einen See, zum Hundestrand. Ich hatte erwartet, dass Daiy völlig ausflippen würde vor Freude, endlich wieder richtiges Grün, endlich Gras und Sand und Wasser, endlich wieder ein „richtiger" Spaziergang.
Aber sie hielt sich sehr zurück, nahm kaum Kontakt zu anderen Hunden auf und saß oft, hinter meinem Rücken versteckt, auf dem Handtuch. Mit mir zusammen wollte sie wohl noch kurz ins Wasser, aber sobald ein anderer Hund ankam, suchte sie schnell wieder das sichere Handtuch auf. Was für ein Dämchen.
Wenn Hunde zu unserem Liegeplatz kamen, verteidigte sie den voller Überzeugung. Alles anknurren, egal wie groß der andere Hund war.

Inzwischen war sie an die Straßenbahn gewöhnt. Zum ersten Mal saß sie entspannt auf meinem Schoß und schaute nach draußen.
Daisy ist einfach ein idealer Hund, um überall mit hin zu nehmen, auch wenn sie in Geschäften etwas ängstlich ist. Insgesamt sind wir in den paar Tagen bei vier verschiedenen Leuten zu Besuch gewesen, dazu die Stadt, der See und die Caféterrassen. Und alles ging prima.
Schlafen? Neben Frauchen im Bett, auf ihrem Handtuch, die normalste Sache der Welt.

Am nächsten Morgen ging es schon wieder nach Hause. Wieder drei Stunden Zug. Und das erste was Daisy, wieder auf vertrautem Drent'schen Boden, tat war auf Lilly losgehen, als diese mich begeistert begrüßen kam.

Abschied von Flits

Am 9. Juli 2009 habe ich Flits einschläfern lassen. Das ist jetzt zwei Wochen her, und es kostet mich noch Mühe, darüber zu berichten.

Das Auffälligste an Flits ist all die Jahre seine unglaubliche Fröhlichkeit gewesen, sein Genießen der kleinen Dinge des Lebens. Ich hatte ihn mit 3-4 Monaten aus dem hiesigen Tierheim geholt, und er ist 13 Jahre alt geworden. Ich habe viele Geschichten über ihn geschrieben, über sein Leben mit uns, seinem Rudel, wo er nach Rubis' Tod im Jahre 2001, nach mir der Rudelführer war.

In seinen jungen Jahren war Flits recht dominant gegenüber anderen Rüden; mit dem Steigen der Jahre ist er milder geworden. Aber auch als er schon alt war, genoss er so sehr unsere Spaziergänge und eigentlich alles, was man mit ihm unternahm, so lange er nur mitmachen durfte.

Vor einem Jahr begann er etwas schwächer auf der Hinterhand zu werden, an sich noch kein Grund zur Sorge. Mit ein paar kleinen Anpassungen ging das prima. Im Laufe der Zeit wurden seine Hinterbeine immer schwächer, und die letzten Wochen sah man ihn jeden Tag schlechter werden. Er konnte nicht mehr lange traben, und wenn er langsam lief, rutschte er aus, lief überall gegen, weil er sein Gleichgewicht nicht mehr halten konnte, fiel um oder sackte einfach durch die Hinterpfoten. Der Grund war ein eingeklemmter Nerv, der so stark mit Bindegewebe verklebt war, dass man nichts daran machen konnte.

In seiner letzten Lebenswoche bekam er auch noch einen epileptischen Anfall, hatte Probleme, seinen Darm zu kontrollieren und war alles in allem einfach am Ende.

Ab und zu sah ich noch den fröhlichen Flits von früher, aber das wurde immer seltener. Er schaute traurig in die Welt, und es tat mir weh zu sehen, wie er sich durchs Haus schleppte. Seine Zeit war gekommen. Er hatte Recht auf Würde und Ruhe.

Wie beschreibt man das Gefühl, dass man einen Hund gehen lassen muss, der 13 Jahre lang praktisch ständig um einen war? Flits war mein Kumpel, mein Fels in der Brandung. Er hat einige Hunde kommen und gehen gesehen, aber er blieb in meinem Rudel der ruhende Pol.

Eine Bekannte hat mir etwas geschrieben nach Flits' Tod, dass ich so ein schönes Bild finde, dass ich – mit ihrem freundlichen Einveständnis - damit gern abschließen möchte:

"Ich glaube an die Regenbogenbrücke, was man sich von ihr erzählt! Ich bin überzeugt, dass Flits da nun seine Runden dreht mit Rubis, Pacho und Seronda! Sie werden im grünen Gras, unter einem Baum im Schatten liegen mit der Gewissheit des Wiedersehens, irgendwann, mit all ihren Lieben!
Immer wenn es regnet, wird auch einer der vielen Regentropfen jeweils von Flits, Rubis, Pacho und Seronda „nur für Sie" geschickt worden sein... wenn die Sonne scheint, ein Sonnenstrahl... wenn es schneit, eine Schneeflocke... wenn der Wind weht, ein Hauch... und in der Nacht, wenn die Sterne am Himmel funkeln - ein Stern leuchtet von jedem Ihrer Lieben, nur für Sie allein...! Jeder einzelne hat einen festen Platz in Ihrem Herzen auf immer und ewig - umgedreht ist es ebenso, seien Sie dessen gewiss!
Liebe ist unvergänglich, egal auf welcher ‚Ebene des Seins' wir uns befinden !"

Judy Kleinbongardt
24 juli 2009

Lilly und die Nasenarbeit…

Wieder mal ein Versuch, um Lilly etwas langsamer fressen zu lassen und sie gleichzeitig zu beschäftigen: Nasenarbeit. Dazu stelle ich drei Blumentöpfe umgekehrt, also mit den Löchern nach oben, auf den Boden und lege unter einen davon ein Leckerchen. Der Hund muss dann durch schnüffeln entdecken, unter welchem Blumentopf das Leckerchen liegt. Für Lilly will ich keine Leckerchen, sondern ihre Mahlzeit, jeweils in kleinen Portionen, unter den Blumentopf legen.

Mit Dunya mache ich dieses Suchspiel manchmal, und sie erschnüffelt sehr ruhig und konzentriert ihre Belohnung.

Lilly nicht. Es war eine fast unmögliche Aufgabe, um das Trockenfutter so hoch zu halten, dass mein Gummiball Lilly nicht dran kam und gleichzeitig die Blumentöpfe mit dem Boden nach oben hin zu stellen, geschweige denn die Brocken unter die Töpfe zu legen. Alle drei Blumentöpfe waren schon durch den Garten gekickt, bevor ich die Gelegenheit dazu bekam.

Nach einigen vergeblichen Versuchen hat es dann doch noch geklappt. Beim ersten Mal schob sie den Blumentopf vor sich her; das dauerte ihr dann aber zu lange, und sie schlug ihn mit der Pfote um.

Nasenarbeit? Erschnüffeln, unter welchem Topf es was zu holen gibt? Aber nicht doch, einfach alles um schmeißen, das Futter findet man dann von selbst!

Aber immerhin, ein schönes Spiel, und sie braucht etwas länger zum Fressen.

Auf dem Weg den Kanal entlang…

… wo es „immer" gut geht – außer wenn ich mal eine Stunde warten muss oder Dunya zu unserem Stammcafé läuft – ist Dunya auf dem Rückweg abgehauen, ins Gebüsch, und trotz langen Wartens und Suchens habe ich sie nicht mehr gesehen.

Abends ist Dunya im nächsten Dorf von einer Frau gefunden worden, die den Eindruck hatte, Dunya habe sich verlaufen. Sie wusste nicht so recht, was sie nun mit diesem Hund anfangen sollte und rief Freunde an, die selbst Hunde haben und sich besser damit auskennen.

Sie haben Dunya bei der Frau abgeholt und erst mal die geeigneten Stellen, wie Tierschutzverein und so weiter, angerufen, ob Dunya als vermisst gemeldet war. Da ich mein Mädchen kenne, hatte ich aber noch nichts in der Richtung unternommen; also dort war sie unbekannt.

Die Leute sind dann mit Dunya zum Tierarzt gefahren, um nach schauen zu lassen, ob sie gechipt ist. Der Tierarzt hatte die Chipnummer aber gar nicht nötig, denn als Dunya herein spaziert kam, rief er sofort: "Das ist Dunya!" Tja, die Dame ist wegen ihrer Eskapaden eben in der ganzen Umgebung berühmt und berüchtigt!

Ich wurde also angerufen, dass Dunya auf dem Weg nach Hause sei. Ich wollte sie beim Tierarzt abholen, aber die Leute wollten sie gern selbst nach Hause bringen. Auch gut. Sie waren ganz verliebt in Dunya und fanden sie „so einen reizenden Hund". Ja, ja…

Um viertel vor 8 war sie wieder sicher zu Hause. Die Begrüßung war weniger euphorisch als man nach dieser langen Zeit erwartet hätte. Sie stand vor der Tür, wedelte ein bisschen, gerade so, als wäre sie 10 Minuten weg gewesen. Anscheinend hat ihr das Abenteuer ganz gut gefallen. Warum auch nicht? Die Leute waren nett, den Tierarzt kennt sie auch, also warum stressen? Das überlässt sie lieber mir… Und… wo ihr Abendessen blieb?

Ach, ein paar graue Haare mehr oder weniger fallen bei mir doch nicht mehr auf.

179

Bonita und die Tablette

Bonita, von Haus aus ein großer Pechvogel, hat sich versprungen. Nun ist das für keinen Hund sehr angenehm, aber für Bonita ist es noch schlimmer, weil sie schon seit Jahren an Artrose und Spondylose leidet, wogegen sie Schmerzmittel bekommt. Sie läuft also unter normalen Umständen schon recht steif.

Ich wollte erst abwarten, ob das Bein von selbst gesunden würde; meist ist das ja der Fall. Jetzt nicht. Also doch mal zum Tierarzt. Das Kreuzband war nicht gerissen, aber was es sonst war, konnte die Tierärztin nicht feststellen. Bonita sollte Ruhe einhalten. Das bedeutet 2 Wochen keine Spaziergänge. Im Winter wäre das noch nicht so schlimm, aber jetzt im Sommer, wo ich Bonita schlecht im Auto lassen kann, bedarf es vieler Anpassungen, da sie nicht gern allein zu Hause bleibt.

Außerdem wurde ein Morphiumpräparat verschrieben. Ich bin darüber nicht besonders glücklich, aber die Tierärztin meinte, Bonita habe momentan starke Schmerzen, und ihre normalen Schmerzmittel sind anscheinend unzulänglich. Also zwei halbe Tabletten pro Tag, morgens und abends.

Nun habe ich im Laufe der Jahre doch schon viele Tabletten in die diversen Hundeschnauzen bekommen. Ich finde immer, dass Hunde den Vorteil haben, in diesem Punkt recht „dumm" zu sein und alles zu schlucken, solange Wurst oder Käse drum herum ist, im Gegensatz zu Katzen.

Nun scheint Bonita eine „Katze" zu sein. Ich höhlte ein Stück Wurst aus, tat die Tablette rein und deckte das Loch wieder mit Wurst ab. Bonita spuckte es sofort wieder aus.

Also etwas anderes versuchen. In Milch auflösen… in Dosenfutter verstecken… verstecken in frischem Fleisch… in einem Stück Käse… in Hühnerbrühe auflösen…

Auch den Trick, Bonita erst zwei „unschuldige" Stückchen Wurst oder Käse zu geben und dann erst das Stück mit der Tablette drin, habe ich probiert. Bonita nahm höflich die Wurst und den Käse an, bis das Stück mit der Tablette dran war. Das nahm sie gar nicht erst.

Ich bat die Tierarzthelferin telefonisch um Rat. Sie meinte, ich solle die Schnittflächen der Tablette mit Butter einreiben, dann das Ganze in ein Stück Käse stecken.

Die Butter klebte zum Schluss an meinen Fingern, unter den Nägeln und auf der Anrichte bei dem Versuch, die glitschige Tablette damit ein zu reiben, aber immerhin, auch um die Tablette war Butter. Das Ganze wurde also in einem Stück Käse Bonita nochmals angeboten. Leider klappte auch das nicht.

Ich entschied, dass es jetzt Zeit war fürs Grobe. Den Tablettenschießer aus dem Schrank geholt, Wasser aufgezogen, Tablette rein und „schießen".

Bonita hat auf die Art recht viel Wasser getrunken… die Tablette dagegen lag abwechselnd auf meiner Hand, meinem Arm, meiner Kleidung, dem Boden, Bonitas Kissen…

Mit dem Mut der Verzweiflung habe ich die Tablette so weit wie möglich hinten in Bonitas Rachen gestopft, Schnauze zugehalten. Nun musste sie doch schlucken?

Weit gefehlt. Der Speichel tropfte aus ihrer Schnauze, die Tablette fand ihren Weg zwischen Bonitas Zähnen durch nach draußen und landete auf meiner Hand, meinem Arm… wie gehabt.

Da war guter Rat teuer, also noch mal die Tierarzthelferin angerufen. Ich sollte mit Bonita vorbei kommen, sie würde mir dann schon zeigen, wie das mit dem Tablettenschießer ginge.

Da standen wir dann. Die Assistentin, eine Frau mit 30-jähriger (!) Berufserfahrung, hantierte mit der widerstrebenden Bonita und dem Tablettenschießer herum. Ich musste Bonitas Schnauze aufmachen… die Tablette lag auf dem Boden. Eine zweite Helferin wurde hinzu gezogen. Sie hielt Bonita fest und ihr die Schnauze auf… die Tablette lag auf dem Boden. Die Arzthelferin murmelte, dass sie das bei ihren eigenen Hunden immer so macht und dass es prima klappt, musste aber schließlich zugeben, dass dies auf Bonita *nicht* zutraf!

Da die Tierarztpraxis Bonita nun schon gar nicht mehr geheuer war, wurden wir nach draußen geschickt mit einem Napf mit Kügelchen herrlich riechendem Dosenfutters, von denen eins die Tablette enthielt. Mit leerem Napf, bis auf ein Kügelchen – aber sicher doch, das mit der Tablette – kamen wir wieder rein.

Ich sollte nun zu Hause versuchen, eine Tablette täglich zu geben anstelle von zwei halben. Wir hofften, dass die Geruchs- und Geschmacksstoffe dann nicht frei kämen und dass mein Trick mit dem Käse auf die Art mehr Chancen auf Erfolg haben würde.
Leider ist das nicht der Fall. Obwohl die Tablette eine glatte Hülle hat, Bonita riecht oder schmeckt die Tablette, ich weiß es nicht. Im Gegensatz zu manchen Gierschlunden, kaut Bonita auch alles. Aber auch ohne zu kauen, weiß sie ganz genau, wo die Tablette versteckt ist, auch wenn ich sie in Leberwurst einpacke und zusammen mit anderen Stückchen Leberwurst zwischen ihrem Futter verstecke. Der ganze Futternapf ist leer... bis auf das eine Stück Leberwurst.

Auf Anraten der Tierärztin habe ich es noch mit einem flüssigen Morphiumpräparat versucht, aber auch das hat nicht geklappt.

Jetzt weiß ich also, dass Bonita ein sehr kluger Hund ist, aber das Problem mit dem Hinken und den Schmerzen ist damit nicht gelöst. Ich hoffe, dass das Bein gesundet, wenn ich ihr noch eine Woche Ruhe verschreibe, und sie dann wieder mit ihren normalen Schmerzmitteln funktionieren kann. Ist das nicht der Fall, ja, was dann...?

Und das letzte Wort hat…

Wisst ihr, wie wunderbar verfaulter Fisch riecht? Ich wusste das natürlich schon lange, aber jetzt weiß mein Mensch es auch. Seit heute.

Sie hatten den Graben ausgehoben, und überall lagen verfaulte Algen, hier und da ein toter Fisch dazwischen. Für mich war das beim Spaziergang eine anziehende Alternative zum Mäuse fangen.

Natürlich hatte mein Mensch ganz andere Ideen. Als ich mich gerade auf den Bauch legte und meinen Hals mit dem Duft ein rieb, zog sie mich zurück. Aber dadurch schleppte sie mich wohl durch die Algen, sodass auch noch meine Körperseite parfümiert wurde.

Im Auto machte sie alle Fenster auf und beklagte sich über den „Gestank" (ihr müsstet mal riechen, womit SIE sich morgens einschmiert, also da wird einem erst recht schlecht!)

Ich erspare euch die demütigen Details, aber ich wurde sofort mit ins Badezimmer genommen, der Fisch- und Algenduft abgewaschen, und jetzt stinke ich drei Meilen gegen den Wind nach Teebaumöl. „Mmmmm… lecker!", sagt mein Mensch. Über Geschmack lässt sich ja bekanntlich nicht streiten…

Dunyas Mensch, im Namen von Dunya